KB095003

제론시오의 꿈

제론시오의 꿈

The Dream of Gerontius

세인트 존 헨리 뉴먼 지음
김연규 옮김

좋은땅

**** 일러두기**

- 이 책은 John Henry Newman, *The Dream of Gerontius and Other Poems*(옥스퍼드 대학교 출판부, 1914)에 수록된 *The Dream of Gerontius*를 원전으로 삼아 옮겼으며 행수도 이 책을 따랐다.
- 모든 해설과 주석은 독자의 이해를 돕기 위해 번역자가 더한 것이다.
- 원문 중 라틴어는 주석에 라틴어 원문을 밝혔다.
- 2005년 한국천주교중앙협의회에서 출판한 『성경』을 주로 참고했으며 우리말 『성무일도』와 기도문 등은 「가톨릭 굿뉴스」의 자료실을 참조했다.
- 『성경』, 『성무일도』, 기도문에서 유래한 시행은 독자에게 익숙한 표현을 가능한 그대로 따랐다.

목차

〈버밍엄 오라토리오 수도회 성당The Oratory Birmingham〉

『제론시오의 꿈』

제1장

제론시오[1]

예수님. 성모님. 죽음이 가까이 왔나이다,
　당신께서 나를 부르시나이다. 이제야 그걸 알겠으니
불규칙한 숨결, 심장의 시린 냉기,
　축축한 이마 때문이 아닙니다.
(예수님. 자비를 베푸소서! 성모님. 저를 위해 기도하소서!)[2]
　내가 죽어 더 이상 존재하지 못하리라는
(주여, 마지막까지 나와 함께하소서!)
　예전에 한 번도 느껴 보지 못한 낯선 느낌 때문입니다.
나의 가장 내면에서 올라오는 이상한 자포자기,
　(영혼을 사랑하신! 위대하신 주님! 당신을 청합니다)　　10
나를 존재하게 했던 타고난 힘과

요소들이 모두 빠져나가는 느낌 때문입니다.
오. 친구들이여. 나를 위해 기도해 주오.
명계에서 온 자가 불길한 명부를 들고 문을 두드리며
나를 겁주고 기죽이니, 이 비슷한 것도
전에는 찾아온 적 없었으니,
죽음이라. 오. 사랑하는 친구여, 기도해 주오! 저건
죽음이라오!
마치 나의 존재 자체가 사라져 버렸듯이,
마치 더는 이제 실체가 아니게 되었듯이,
어디도 머물러 기댈 수 없게 되었듯이, 20
(도우소서. 사랑의 주님! 당신께서, 당신께서
나의 유일한 피난처이십니다.)[3]
돌아갈 곳 없어 썩어 갈 일만 남은 듯이,
존재하는 세계의 틀에서 벗어나
형태도 없고, 공간도 없는, 공허한 심연으로,
내가 왔던 저 완벽한 무(無)로, 떨어지는 듯합니다.
이런 생각들이 내 속을 지나가고 있습니다.
오. 두렵도다! 죽음이 이러하다. 친구들이여, 이러하니,
기도할 힘조차 없는 나를 위해, 친구들이여, 기도해 주오.

배석자들[4]

주님, 자비를 베푸소서, 그리스도님, 자비를 베푸소서,

주님, 자비를 베푸소서.[5]

거룩하신 성모님, 그를 위해 빌어 주소서. 30

모든 거룩한 천사여, 그를 위해 빌어 주소서.

모든 공의로운 천사들이여,[6] 그를 위해 빌어 주소서.

거룩한 아브라함이여, 그를 위해 빌어 주소서.

세례자 성 요한, 성 요셉이여, 그를 위해 빌어 주소서.

성 베드로, 성 바오로, 성 안드레아, 성 요한이여,

모든 사도, 모든 복음서의 지은이여, 그를 위해 빌어 주소서.

주님의 모든 거룩한 제자여, 그를 위해 빌어 주소서.

모든 무죄한 어린 순교자여, 그를 위해 빌어 주소서.

모든 거룩한 순교자, 모든 거룩한 증거자,

모든 거룩한 은수자, 모든 거룩한 동정녀, 40

주님께 속한 모든 성인들이여, 그를 위해 빌어 주소서.

제론시오

나의 꺼져 가는 영혼아, 너를 일깨워라. 장부다워라.[7]

삭아 가는 생명과 사념의 시간을

계속 밟고 지나가

너의 주님을 영접할 준비를 갖추어라.

혼란의 폭풍이

잠시 지나갈 동안,

쇠멸이 다시 닥쳐오기 전,

찰나의 시간을 유용하게 써라.[8]

배석자들

자비를 베푸소서. 너그러이 들으소서. 그를 용서하소서. 주님.50

자비를 베푸소서. 너그러이 들으소서. 주님. 그를 구원하소서.

지난날 지은 죄로부터,

주님의 성난 얼굴과 분노로부터,

죽음의 위협으로부터,

죄를 좇았던 모든 일로부터,
주님을 거부했던 일
전부로부터, 마지막까지
자신만 믿고 의지했던 일로부터,
가장 밑바닥의 지옥 불로부터,
악한 모든 것으로부터, 60
악마의 힘으로부터,
당신의 종을 구원하소서.
단 한 번 그리고 영원히.

주님의 탄생으로, 주님의 십자가로,
끝없는 상실에서 그를 구원하소서.
당신의 죽음과 묻힘으로
최후의 멸망에서 그를 구해 주소서.
주님의 부활로
주님의 승천으로
성령의 관대한 사랑으로 70
심판의 날에 그를 구해 주소서.

제론시오

거룩하고 전능하신 이여, 거룩하신 하느님이시여.[9]

　깊은 구렁에서 주님께 부르짖사오니

자비를 베풀어 주소서. 나의 심판주님.

　나를 용서하소서. 주님.

진실로 굳게 믿나이다,[10]

　주님께서 삼위이시며 주님께서 하나이심을.

그리고 마땅히 알고 있나이다,

　성자께서 사람 되셨음을.

사람 되시어 십자가에 못 박히셨음을 믿나이다. 80

　그 안에서 온전한 충만을 희망하나이다.

주님께서 죽으셨기에

　모든 못된 생각과 위업이 사라졌나이다.

빛과 생명과 힘이 진실로

　주님의 은총에 온전히 속하였나이다.

성자이신 그분을, 굳센 그분을

　오로지 지극히 사랑하나이다.

거룩하고 전능하신 이여, 거룩하신 하느님이시여.

　깊은 구렁에서 주님께 부르짖사오니

자비를 베풀어 주소서. 나의 심판주님. 90
나를 용서하소서. 주님.
오로지 주님 한 분을 사랑하여
주님의 창조물인 교회를,
주님의 말씀인 교회의 가르침을,
숭상하여 품었나이다.
지금 나를 괴롭히는 모든 것을,
고통과 두려움을, 즐거이 받아들이겠나이다.
굳센 의지로 이곳에 나를 묶어 둔
모든 구속을 끊어 내겠나이다.
거룩한 군대와 함께 처음부터 끝까지[11] 100
땅과 하늘의 주님을
성부와 성자와 성신을
영원히 경배하리다.
거룩하고 전능하신 이여, 거룩하신 하느님이시여.
깊은 구렁에서 주님께 부르짖사오니
자비를 베풀어 주소서. 나의 심판주님.
죽음이 나를 소멸시키고 있나이다.

더는 못하겠나이다.[12] 지금 죽음이 다시 다가와

고통보다 더 견디기 힘든 파멸의 느낌으로,
나를 인간이게끔 한 모든 것을, 110
완전히 부정하고 파괴하고 있나이다.
마치 끝없이 가파르고 어지럽게 하강하는
절벽 가장자리에서 꼬꾸라지는 것 같습니다.
아닙니다. 더 나쁩니다.
피조물의 튼튼한 뼈대를 지나
아래로, 아래로, 영원히 떨어져
큰 구렁으로 가라앉을 듯, 분명코 가라앉을 듯합니다.
훨씬 더 잔인하게,
쉬지 않고 사납게, 몰아치는 두려움이
제 영혼의 집을 채우기 시작했습니다. 120
그러고도 나쁘게 더 나쁘게, 악마의 형체를 갖추고
공기 중을 떠다닙니다. 끔찍한 저주를 퍼부으며,
신성한 대기를 더럽히며, 비웃으며,
흉측한 날개를 퍼덕이니,
저는 공포와 불안에 미쳐 갑니다. 오 예수님.
도우소서! 나를 위해 빌어 주소서. 성모님. 빌어 주소서!
고통을 견디시는 당신께
특별한 천사가 왔듯이[13]… 예수님!

성모님. 나를 위해 빌어 주소서. 요셉님. 나를 위해
빌어 주소서. 성모님. 나를 위해 빌어 주소서.

배석자들[14]

오 주님. 이 불길한 시간에서 그를 구해 주소서. 130
옛날 당신의 자애로운 힘으로 많은 이를 구하셨듯이, (아멘)
에녹과 엘리야를 평범한 죽음에서 구하셨듯이,[15] (아멘)
홍수를 피해 노아를 방주로 구하셨듯이, (아멘)
죄악이 넘쳐 나는 하란에서 아브람을 구하셨듯이, (아멘)
거듭되는 무시무시한 재난에서 욥을 구하셨듯이, (아멘)
아비의 칼이 치솟아 목숨을 뺏으려는 그때 이삭을, (아멘)
심판의 날 불타는 소돔에서 롯을, (아멘)
속박과 절망의 땅에서 모세를 구하셨듯이, (아멘)
굶주린 사자 굴에서 다니엘을 구하셨듯이,[16] (아멘)
불가마에서 세 젊은이를,[17] (아멘) 140
모략과 수치에서 정결한 수산나를,[18] (아멘)
골리앗과 사울의 분노에서 다윗을,[19] (아멘)
감옥에 갇힌 두 사도를 구하셨듯이,[20] (아멘)

환란에서 성녀 테클라를 구하셨듯이,[21] (아멘)

-그렇게 당신의 힘을 보이시어

당신의 종을 이 불길한 시간에서 구해 주소서.

제론시오

마지막 시간이 왔습니다.[22] 기꺼이 잠들겠나이다.

고통이 나를 지치게 하니… 당신의 손에,

오 주님. 당신의 손에…[23]

신부

그리스도의 영혼이여, 그대의 여행을 시작하시오![24]

그리스도의 영혼이여, 그대의 여행을 시작하시오! 150

이 세상으로부터 나아가시오! 가시오.

그대를 창조하신 전능하신 아버지, 주님의 이름으로!

가시오, 그대를 위해 피 흘리신, 생명이신 하느님의 아들,

우리 주 예수 그리스도의 이름으로!

가시오, 그대에게 쏟아져 내렸던
성령의 이름으로 가시오!
가시오, 천사와 대천사의 이름으로,[25]
좌천사와 주천사의 이름으로,
권세와 권능의 이름으로,
케루빔과 세라핌의 이름으로, 나아가시오! 160
가시오, 열두 사도와 예언자들의 이름으로,
사도와 복음서를 지으신 분들의 이름으로,
순교자와 증거자들의 이름으로,
거룩한 수도자와 은수자의 이름으로,
모든 거룩한 동정녀의 이름으로, 주님께 속한 모든 성인,
남자 여자 둘 다의 이름으로,[26] 가시오!
그대의 여행을 시작하시오.
그리하여 오늘 그대의 거처가 평화롭기를,
그리하여 그대의 집이 거룩한 산 시온이기를,
우리 주 그리스도의 이름으로 비나이다.

〈버밍엄 오라토리오 수도회 성당〉

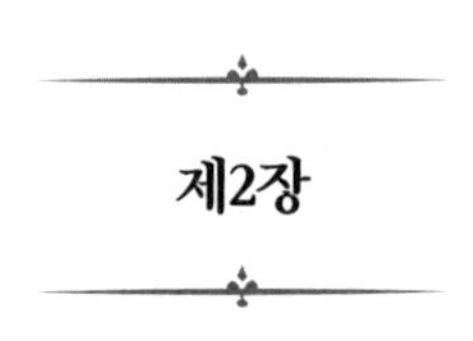

제2장

제론시오의 영혼[27]

내가 잠에 빠졌었구나. 이제 생기가 솟는다.[28] 170
이상한 생기로다. 내 안에서
형용하기 어려운 밝음이, 자유로운 감각이 느껴진다.
이전에는 한 번도 그러하지 못했던 것처럼,
마침내 나의 자아를 되찾은 것 같다.[29] 참으로 고요하다!
바삐 재깍대던 시계 소리도 이제 들리지 않는다.
그렇다. 꺽꺽대던 숨결도, 용쓰던 맥박도 들리지 않는다.
순간이 그다음 순간과 조금도 다르지 않다.[30]
꿈을 꾸었다. 맞다. 누군가 "돌아가셨습니다"라고
나직이 말했다. 그러자 한숨 소리가 방에 퍼졌다.
"임하사도우소서"[31]라는 신부님의 간청도 180
또렷이 들렸다. 그들이 무릎 꿇고 기도했다.

아직 그 목소리가 들리는 것 같지만, 가늘고 나지막해져
좀 더 희미해진다, 점점 더 희미해진다.
소리가 들리는 간격도 점점 커진다.
아! 어찌하여 이런가? 무엇이 끊어졌단 말인가?
적막함이 내 영혼의 정수에
고독을 불어넣는다.
깊은 휴식이 너무나 달콤하게 마음을 달래며
동시에 가혹하도록 고통스럽게 만든다.
이상하리만치 내향적으로 190
나의 생각을 과거로 몰아가니,
어쩔 수 없이 이제 나는 나 자신을 곱씹기 시작한다.
그것 말고는 곱씹을 것이 없기 때문이다.

나는 살았는가, 죽었는가?
죽은 것은 아니다, 아직 육신 안에 있다.[32]
내가 확고히 유지해 온 어떤 믿음이 있으니,
그건 바로, 내장기관 하나하나가 제자리를 지키며[33]
전에 그랬듯, 다른 것과 결합해 일체로 균형을 이루며,
나를 단단히 둘러싸, 나를 인간이게 한다는 것이다.
분명코 내가 하고자 한다면 200

육신의 모든 부분을 움직일 수 있으리라.
그런 행동으로 내가 힘을 얻을 텐데,
감각이 제대로 느껴지지 않는구나.
이상한 일이로다. 손발을 움직일 수가 없구나.
두 손가락을, 두 입술을
똑같은 힘의 크기로 서로 맞붙게 할 수가 없다.
눈 깜박할 사이에 움직이던 눈꺼풀도
육신에 붙어 있다고 확신하지 못하겠다.
내가 어떤 자세를 취하고 있는지도 모르겠다.
섰는지, 누웠는지, 앉았는지, 무릎 꿇었는지도 모르겠다. 210

어떻게 아는지 모르겠으나 잘 알겠다,
광활한 우주가 내게 종지부를 찍는 중이거나
광활한 우주에 내가 종지부를 찍는 중이라는 것을.
내가 혹은 우주가 빛의 날개를 타고 질주하는가?
혹은 내 앞에 놓인 행로에 빛이 비치는 것인가?
지금 이 순간조차 우리는 엄청나게 멀어지고 있다.[34]
그러하니… 이렇게 거부할 새 없이 분리되는 것은
속도와 시간을 거치며 확대되고 곱절로 늘어나는
우주의 무한한 넓이 때문인가?[35]

아니면 내가 아득히 먼 곳을 220
끝없이 작은 구역까지 가로지르며,
유한에서 무한으로 급히 되돌아가는 것인가,
이로써 이 팽창된 세계를 벗어나면 나는 죽게 되는가?

놀라운 것이 또 있다.
누군가 나를 광대무변한 손으로 단단하게 부여잡는다.
이승에서 사람 손이 움켜쥐던 것 같은 조임이 아니라,
마치 내가 공처럼 둥근 물체이듯이,
그래서 그렇게 부여잡는 것이 가능하듯이,
내 존재의 미묘한 표면 전부를 둘러싸며, 한결같이,
온화한 힘으로, 나 홀로 움직이는 것이 아니라고, 230
나의 길을 나아가라고, 그리 예정되어 있다고 알려준다.
들어 보라! 노래가 들린다. 그러나 솔직히 말하면
그 음악을 듣는지, 만지는지, 맛보는지,
제대로 알 수 없구나.
오. 이토록 마음을 가라앉히는 멜로디가 있다니!

천사[36]

나의 일이 완수되었다,
  나의 과업이 끝났다,
    그래서 저 아이를
    집으로 데려가러 왔다.
면류관을 얻었기 때문이다. 240
    알렐루야,
영원토록.

나의 아버지께서
  나의 책임이라고
    탄생 바로 그 순간에
    땅의 아이를 내게 맡기셨다,
도움이 되라, 구원해 주라 하셨다,
    알렐루야,
  그래서 그를 구했다.

이 진흙으로 만든 아이를 250

내가 받았다,

지상에서 천국으로 향하는

좁고 험난한 길을[37]

슬픔과 고통으로,

알렐루야,

가르치고, 단련시키라고.

영혼

신비로운 일족 중 하나로구나.[38]

수많은 시간을 거슬러,

세상이 만들어지기 전부터,

주님의 왕좌를 둘러섰던 존재로다. 260

죄를 알지 못해, 거의 무한의 세월 내내

굳세고 깨끗한 천상의 삶을 누려 온 존재로다.

드러내 보이신 주님의 얼굴을 뵙기 위해 견디며,[39]

영원한 진실의 샘물을 마시며,

치열하고 황홀한 사랑으로 주님을 섬겨 온 존재로다.

들어 보라! 저 존재가 다시 일을 시작하는구나.

천사

오 주님. 깊고도 드높으시니 진실로 경이로우시다,[40]
그러나 사람에서 가장, 진실로 경이로우시다![41]
그토록 큰 사랑으로, 그토록 부드러운 설득력으로
완고하고 세속적인 마음에서 승리를 이루셨으니, 270
성자들로 끝맺는 이야기를 당신께서 내려 주시어
천사들이 오만해 놓친 그 왕좌를 채우게 하셨나이다!

이 자는 비굴하게 굴종하는 아이로 지상에 왔습니다.
첫 조상의 피로 오염되어[42]
존재의 본질이 산산이 부서져 불안한 상태로,
악령이, 끔찍한 악령이, 그의 본성은 아니나,
여린 마음을 옭아매어 병들게 할 능란함으로
그의 마음에 똬리 친 채 내려왔습니다.

그래서 제가 이 자의 영혼이 진리와 죄 사이에서
균형 잡게 하고자 천국에서 파견되었습니다.[43] 280
오래도록 혹독한 싸움을 하며
죽음과 같던 이 자의 정신이 승리하도록 애썼습니다.

실족한 영혼의 상태로부터, 전부를 잃었던 그때로부터,
너무나 끔찍한 대가를 치르고 되찾았습니다.

오, 희망과 공포, 승리와 낙담,
무모함과 인내가 서로 자리를 바꾸며
색색으로 분절되는 저 광경은[44]
음울하게 일생토록 계속해 온 싸움의 역사입니다!
오, 그가 필요한 때 용기 내어 따르게 하려고, 은총은
얼마나 인내하시고 지체하지 않으시며 넉넉하셨나이까! 290

오, 인간은, 천상과 지상의 이상한 혼합체!
천박함으로 쪼그라든 위대함!
독 품은 씨가 된 향기로운 꽃!
타락은 적당히 덮어 감추고! 나약함은 힘을 이기니!
당신께서 널리 알려진 그 위업을 이루신 그때만큼[45]
인간이 죄악과 수치에 가까웠던 적은 결코 없나이다.

만약 그가 필멸의 생을 사는 내내
그를 보살피고 돌보며 서로 맺어 주라는 과업이
나에게 주어지지 않았다면, 어떻게 천상의 본성이

정신과 진흙으로 만들어진 존재를 이해하리까? 300
높은 곳에 계신 치품천사보다 수호천사가 주께서
대속하신 저 인간을 더 잘 알고 더 사랑하나이다.[46]

영혼

이제는 확실히 알겠다, 내가 마침내 육신에서
벗어났음을. 만약 내가 지상과 멀리 있다면
저 소리를 넋을 잃고 듣지 못하리라.[47]
저토록 듣기 좋은 소리를
주님이라 여겨 예배드리지도 못했으리라.
지금 나의 마음은 너무나 충만하다. 너무나 고요하며,
너무나 침착하여, 어떤 유혹에도 물들지 않을 것처럼,
진정으로 완벽한 만족감을, 310
참으로 사려 깊고 분별 있는 감각을, 누리고 있다.
이 같은 숭고함이 나를 휘감았다 생각하니
어떤 두려움도 느껴지지 않는다.

천사

주님께 모두 찬미 바칩니다. 꼴찌가 첫째 되고,

　첫째가 꼴찌 되는 주님의 거룩한 법칙에,[48]

간절히 기원하는 죄인을 사면되게 하신 주님께,

　오만한 맏아들을 그들의 옥좌에서 쳐내신 주님께,[49]

마리아를 천국의 여왕으로 올리시는 동안,[50] 저주받은

루시퍼를 사면하지 않은 채 두신 주님께 찬미 바칩니다.

제3장

영혼

전능하신 나의 주님. 천사와 이야기하고자 합니다. 320
나의 수호령이여, 만나서 기쁩니다![51]

천사

반갑구나, 나의 아이여! 나의 아이이자
나의 형제여, 환영하노라! 그대는 무엇을 원하는가?[52]

영혼

나는 오직 대화 그 자체만을 위해
당신과 이야기 나누고자 합니다.[53]
당신과 관심 어린 교감을 나누고자 합니다.
종잡을 수 없이 복잡한 것들을 알고 싶은 마음 간절하나,
그것들이 질문에 적당해서이지, 궁금증 때문은 아닙니다.

천사

너는 지금
소망하면 안 되는 것을 소망하면 안 되느니라.

영혼

그러면 말하겠습니다. 나는 이제껏
고군분투하던 영혼이 필멸의 집을 330

떠나면, 그 순간 곧장
신의 장엄한 현존 아래로 떨어져 그곳에서
심판받아 저마다의 자리로 보내지리라 믿었습니다.
지금 무엇이 주님께 향하는 나를 막고 있나이까?

천사

너를 가로막는 것은 없다. 너는 무한의 속도로
공의롭고 신성한 심판관을 향해 빠르게 가는 중이다.
그러나 너는 아직 네 육신을 채 떠나지도 못했노라.
인간이 시간을 재듯, 한순간을,
백만 분의 백만 분의 백만 분의 일로 쪼개어라.
그래도 그대가 그대의 육신을 떠난 이후 340
지나온 그 시간보다도 훨씬 작으리라. 신부가
"임하사도우소서"[54]라고 기도하는구나. 기도를
시작했구나. 아니. 아직 채 시작도 못 했다.
영체와 인간에게는 다른 기준들이 적용되니[55]
시간의 흐름이 더 느리거나, 더 빠르다.

달과 태양, 태고부터 내려온 규칙들로,
조화롭게 솟아올라 자리 잡은 별들로,
반복되는 계절로,
매달려 있는 막대가 이리저리로,
정밀하고 정확하게 흔들리는 것으로,[56] 350
인간은 모두가 사용토록 시간을 균등히 나눠 이었다.
그러나 비물질적 세계에서 우리는 그리 하지 않노라.[57]
연달아 이어져 있는 시간과 시간 사이의 거리는
생기 가득한 생각 하나로 측정되니
생각의 깊이에 따라 커지거나, 작아진다.
그러니 시간은 공유하는 재산이 아니다.
마치 이 생각이, 저 생각이, 인식하고 포착한 것처럼,
긴 것은 짧기도 하며, 빠른 것은 느리기도 하며,
가까운 것은 멀기도 하다.
그래서 모두가 자기 기준의 연대기를 갖는다. 360
기억은 몇 년, 몇백 년, 몇몇 시대라는
자연스러운 분기점이 없다.
그대를 그대의 신으로부터 가로막는 것은
그대의 생각에 담긴 바로 그 에너지이다.

영혼

친애하는 천사여, 말하소서.
어째서 지금 나는 주님을 뵙는 것에 두려움이 없나이까?
지상에서의 삶 내내, 죽음과 심판은
제게 정말 무서운 생각이었습니다.
그렇지요, 제가 죽음을 앞두었을 때는
십자가에 심판주님조차 준엄해 보이셨습니다.
이제 그 시간이 다가왔는데, 두려움이 달아났습니다. 370
내 운명의 저울에 가까운 지금,
나는 가장 평화로운 즐거움으로
고대할 수 있게 되었나이다.

천사

그때는 그대가
두려워했었고, 지금은 두려워하지 않기 때문이니라.
그대가 그 고통에 미리 대비했고, 그로써 그대에게

마련된 죽음의 쓰라림이 지나갔기 때문이니라.
그리고 그대의 영혼에 이미
심판이 시작되었기 때문이니라. 심판의 날은
선별된 세계에 단 하나 똑같이 주어진,[58]
모든 육신을 위한 엄숙한 종말이니, 380
제각각의 경우를 따라, 죽자마자
예견되느니라. 개별 심판에서
최후의 위대한 날이 펼쳐지듯이,
그렇게 지금 그대가 왕좌로 가기 전에도, 똑같이,
어떤 전조가 심판주님으로부터, 마치 빛처럼,
그대의 운명을 알리며 그대에게 곧바로 내려왔노라.
그대의 영혼에서 피어오르는 고요함과 즐거움은
그대에게 주어진 첫 번째 보상이니라.
그렇게 천국이 시작되었노라.

제4장

영혼

그러나 들어 보소서!
무언가 엄청난 소란이 제 감각에 들어와 겁이 나는데,
제가 놀랄 수도 있나이까. 390

천사

우리 이제 심판장에
가까이 왔도다. 그곳에 모여든 음산한 울부짖음이
악마들로부터 들려오는구나.
저긴 중간 지대로다, 늙은 사탄이

거룩한 욥에게 험담과 조롱을 덧씌우려고[59]

하느님의 아들들 사이에서 모습을 나타냈던 곳이로다.[60]

그때처럼 지금 그자의 군대가 길을 막고 모여들어

굶주린 야수처럼 제 것이라 우기며 지옥에 머물 영혼을

끌어모으는구나.[61] 쉿. 저 비명을 들어 보아라.

영혼

진실로 언짢고, 참으로 불쾌한, 불협화음입니다! 400

악마들[62]

천하게 태어나

　야만의 땅에 속하는 천한 것들

　　그것들이

단 한 번의 새로운 탄생으로,[63]

　넘치는 은총으로,

쌓아 놓은 선업으로,
신이 되겠다는 열망을 품었구나,
마치 아무나
고귀한 생각만 하여도,
위대한 영체들의 410
불꽃을 보기만 하여도,[64]
그 자리에 오를 수 있을 것처럼,
은총을 받은 권세들,
오른편에 앉은 왕들,[65]
자랑스러운 터전의,
본래의 주인들이
빛의 왕국을,
빼앗기고
한구석으로 내몰리어
아래로 내동댕이쳐지니, 420
압제자의 성난 얼굴과[66]
폭군의 의지에서 비롯된
날카로운 힘 때문이라,
제 주인을

쫓아내고도
여전히 의기양양하게,
여전히 온당치 못하게,
빼앗은 왕관 하나하나를
무기력하게 찬송하는 이들에게,[67]
거짓 찬양하는 이들에게, 430
모든 노예에게,
경건한 체하며 속이는 이들에게,
스스로의 발밑에 놓인
먼지를 핥으며 굴종하는, 정직과 거리 먼
이들에게 나눠 주었도다.

천사

저것들이 쉬지 않고 떠벌리는구나.
마치 맹수처럼, 심판의 우리에 갇혀
음험하고 흉물스럽게 가릉거리며 생을 이어 가는구나,
끊임없이 서성이며 분노를 쏟아 내고 있구나.

악마들

용감하고 440

독립적인 마음,

자유로운 목적의식은,[68]

중천으로 올라가겠다는

생각조차 하면 안 된다고,

우리는, 그렇게 들었다.

성자가 무엇이란 말인가?

죽음 직전에

자신의 호흡으로

공기를 더럽히는 자,

바보들이나 흠모하는 450

한 묶음 뼈다귀이니,

하! 하!

생명이 끝나면

살덩이조차 덜렁거리며

구린내를 풍기는 것들이다.

우리가 그런 자에게 사면을 애원했도다!

그자는 육신이 없도다.

하! 하!

죽었기 때문이니,

날마다, 날마다 460

새롭게, 새롭게

십자가에 못 박힌다,

하! 하!

신성한 진흙 덩어리로구나.

하! 하!

그것이 포상을 받았구나,

그래서 젊은 성직자들이 씨부렁거리는구나,[69]

하! 하!

심판하는 하느님 앞에서

앙심과 원한, 470

편협한 마음,

질투와 증오,

피의 탐욕을

회개하고 간청하는구나.

영혼

저것들은 참으로 힘이 없구나![70] 그러나 현세에서
저것들은 놀랄 만한 힘과 기교로 악명이 자자합니다.
책들도 설명하고 있지요,
만약 악마의 얼굴을 보게 되면,
그것이 어떻게 사람의 피를 얼어붙게 만드는지,
생명을 조여들게 만드는지를요.

천사

그대는 심판의 국면에 480
반역자가 그대 가까이에 편히 둥지 틀게 하였노라.
그대의 태생이 그러하니. 그자는
지옥의 힘과 결탁하여 그대의 감각의 문들을 지키다가
가장 치명적인 적에게 그대의 마음을 열어 주노라.[71]
그리하여 저 실족한 존재들이
인간에게 그토록 위대해 보이노라.

그러나 은총을 받은 아이들,
본성이 진실한, 순수하고 올곧은 천사나 성자는
악마의 급습을 똑바로 대면하니,
저것들이 싸움을 피해 비겁자처럼 도망치노라. 490
그러하니. 아직 필멸의 짐을 내려놓지 못한
수도실의 거룩한 은수자도 종종
저것들의 위협과 전쟁의 서곡을 비웃어 넘기며,
죽음의 순간에, 저것들이 떼 지어 파리처럼 몰려들어도,
물리치고, 심판주님을 향해 나아가노라.

악마들

미덕과 악덕,
　악한의 가식은,
　　모두 같은 것이다.
　　하! 하!
　　　　지옥 불이 두려워, 500
　　독이 든 불꽃이 두려워,[72]

비겁한 자가 간청하는 것이다.

그 자에게 돈을 주어 보라,

비록 성자라 해도

하! 하!

약삭빠르고 적절한 감각으로

종이 되어 일할 것이다.

하! 하!

사랑이 아니라

부정한 목적을 위해 510

저 위 천국을

갈망할 것이다.

하! 하!

영혼

....

나는 저 거짓된 망령들을 보지 않으렵니다.

사랑하는 주님의 어좌에 닿으면, 그분을 뵐 수 있나이까?

아니면, 최소한, 그분의 경건한 심판의 말씀을,

지금 천사이신 그대를 내가 보지 못하나 듣는 것처럼,
그렇게, 인간의 육성으로 들을 수 있나이까, 천사여?
내가 지상을 떠난 후 이제껏 모든 것이 암흑이었습니다.
지금처럼 내게 부여된 고행의 시간 전부를 520
앞이 안 보이는 채로 지나야만 합니까? 그렇다면,
나는 어찌하여, 생각을 하나로 엮어 생생하게 해 주던
탁월했던 감각을 어렴풋이도 인식하지 못하면서
여전히 청각과, 미각, 촉각을 갖고 있나이까?

천사

....

그대에게는 지금 촉각도, 미각도, 청각도 없노라.
그대는 표징과 모형의 세계 속에,[73]
지금 그대를 둘러싸고 있는 생명과 힘,
가장 거룩한 진실의 표상 속에 살아 있느니라.
그대는 육신을 떠난 영혼이니 당연히
그대 옆에 다른 어떤 이와도 말을 나눌 수 없노라. 530
그러나 그토록 엄중한 고독이 그대의 존재를

집어삼켜 붕괴시키면 안 되기에,
은총으로, 좀 더 낮은 인식 수단들이
그대에게 마치 해협을 건너오듯이, 이제는 없는
귀, 신경, 혹은 입천장을 통해 전달되는 것이니라.
꿈들이 그대를 단단히 휘감고 둘러싸고 있느니라.
진실하나 수수께끼 같은 꿈들이니라.
이런 증표들을 통해서가 아니라면
지금 단계에서 그런 속성들은 그대에게 닿지 못하노라.
그렇게 그대는 공간과 시간과 크기에 대해, 540
향기로운 것, 단단한 것, 쓴 것에 대해, 음악에 대해,
불과 불이 지난 후의 상쾌함에 대해 알게 되노라.[74]
마치 (지상의 비유를 들어
그대의 질문에 대한 이해를 돕고자 하면)
얼어 생긴 물집을 화끈거린다고 말하는 것과 같으니라.
그대는 지금 서로 연결된 부분들로 구성된
외연이 없으니, 오랜 습관이 그대를 속이는 것일 뿐,
스스로 움직일 힘도 없고, 움직일 팔다리도 없느니라.
그대는 손이나 발을 잃은 후에도
손발이 있는 것처럼, 여전히 아프다고 550

비명을 질러대는 자들에 대해 들어 본 적이 없는가?
지금 그대가 그러하다. 그대는 손이나 발만 잃은 것이
아니라, 인간이 되게 하는 모든 것을 잃었다.
기쁜 부활의 날까지 계속 그러하리라.
그날 그대는 그대가 잃은 모든 것을
새로이 영광스럽게 되찾으리라.
그렇다 해도 완벽한 성자들이 어떻게
천국에 계신 신을 뵙는지 자세히 설명하지는 못하노라.
대신에 그대에게 허락된 그 정도의 대화 방편으로
그대의 필요를 충족시켜 주었노라. 560
그대는 지복직관의 순간까지[75]
눈멀어 있을 것이니, 불꽃처럼 다가오는
그대의 연옥조차 빛 없는 불꽃일 것이로다.

영혼

주님의 뜻이 이루어지소서!
나는 다시 한낮의 얼굴을 볼 수 없게 되었나이다.[76]

진실한 태양이신 주님의 얼굴에 못 미치는 것이지요.
그래서 살아 있을 때는
나의 연옥을 고대하면서
징벌의 불꽃 한가운데로 떨어지기 전에
나에게 힘을 주시는 주님을 한번은 뵐 수 있으리라,
그런 믿음을 지금껏 위안으로 삼아 왔나이다. 570

천사

……..

그 예상은 성급한 것도, 헛된 것도 아니니라.
그대는 어느 순간 주님을 보게 될 것이다.
그렇게 될 것이로다. 저 두려운 심판대 앞에서
죄를 심문받을 때, 그대의 운명이
영원히 결정될 때, 그 자리가 주님의 오른쪽,
주님께 온전히 선택받은 이들 가운데라면,
그때는 눈이, 시각이라 할 수 있는 것이,
번개 치듯 그대에게 돌아오리라.
그러면 그대는 심연과 같은 어둠 속에서

그대의 영혼이 사랑하고 기꺼이 다가가고자 했던 580
그분을 한순간 보게 되리라. 그러나 아이야, 그대는
무엇을 청하고 있는지 모르노라. 가장 공정하신 그분의
눈길은 그대를 기쁘게 할 것이나, 꿰뚫기도 하시리라.

영혼

천사여, 당신께서는 무섭게 말하나이다.
두려움이 엄습하니, 내가 서두르지 않을까 염려됩니다.

천사

지금 저 위 중천에 한 인간이 있노라.[77]
그자는 죽음이 가까이 왔을 때,
십자가에 못 박히신 주님의 영성체를 받아 모시어,
주님의 바로 그 상처들을 육신에
도장처럼 찍히게 했노라. 그것이 찍히는 동안 590

그자는 영육을 관통하며 전율케 하는 고통을 통해

영원한 사랑의 불길이

변성 전에 불타오르는 것을 알게 되었노라…[78]

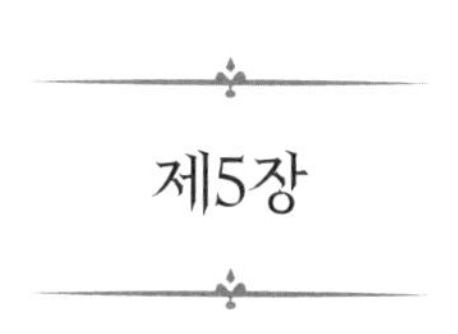

제5장

…저 소리를 들어 보라!
신의 아들 중 가장 낮고 가장 순수한 존재,[79]
천사같이 부드러운 존재들이 내는 소리로다.

천사단의 첫 번째 합창[80]

높이 계시는 지극히 거룩하신 주님께 찬미 바치세.[81]
깊이 계시는 지극히 거룩하신 주님 찬미 받으소서.
최고의 경이로움이 주님의 모든 말씀에 있다네,
최상의 확신이 주님의 모든 길에 있다네!

주님께서는 우리에게 600

단죄의 고통 없이, 죄의 얼룩 없이,
싸워 승리하라시며
당신의 맏아들을 주셨다네.[82]

주님께서는 어린 아들이
탄생부터 경이롭도록 의도하시었으니,
그 아들의 부모는 영과 육이요,[83]
그 아들의 집은 하늘과 땅이라네.

영원하신 분께서 아들을[84]
축복하시고 무장시키시어
무시무시한 전쟁터에서 용사로 진력하도록 610
아득히 먼 곳으로 보내셨다네.[85]

물질의 세계, 감각의 세계를,[86]
그분의 대리자로 통치하라 하셨다네.
적들을 향해 가장 앞줄에 서서
굳센 방어벽이 되라 하셨다네.

천사

우리 이제 문을 지나,

심판의 집에 들었노라.

지상에서 사원과 궁궐을 짓는 것은

비싸고 귀한 재료들이나, 모두 물질이라,

그중 어느 것도 영의 세계에 존재하지 못하니, 620

거푸집으로 지어 존재로 형상되는 것은

오로지 비물질적인 것뿐이니라.

이 건축물의 가장 작은 부분, 처마의 가장 높은 끝,[87]

그 아래 조각 띠, 난간이나 계단,

지금 이 길바닥도 생명으로 만들어졌으니,

자신들의 창조주를 끝없이 찬양하는

거룩하고, 축복받은, 불멸의 존재들이니라.[88]

천사단의 두 번째 합창

높이 계시는 지극히 거룩하신 주님께 찬미 바치세.
깊이 계시는 지극히 거룩하신 주님 찬미 받으소서.
최고의 경이로움이 주님의 모든 말씀에 있다네, 630
최상의 확신이 주님의 모든 길에 있다네!

사람아, 그대에게 재난이 미쳤다네!
그 싸움에서 불충이 드러났기 때문이라네.[89]
그로써 사람은 하늘의 재산을 잃었다네.
빛과의 동맹을 잃었다네.

이제 노여운 하늘이 사람 위에 있으니,
폭풍의 소란스러움이 사람 둘레에 있으니,
한때는 천사를 친구로 삼았으나
야수를 친족으로 거느렸다네.[90]

오 인간! 그들은 야만의 일족이라네. 640
괴물 같은 종자들을 피해 달아나려

바닷가 동굴을 기어오르고,
  거대한 숲속 나무를 올라탔다네.[91]

이제는 두려움으로, 이제는 희망으로,
  운수의 도움으로,
아이부터 노인까지, 아비부터 아들까지,
  살며 고생스레 일하다 죽는다네.

사람은 긴 세월 기꺼이 인내했다네,
  한 발 한 발 떼기 시작하며
천천히 야만의 옷을 벗으며 650
  그렇게 다시 사람이 되려 했다네.

전능하신 주님의 숨결로 더 빨라졌다네,
  주님의 지팡이로 단련되었다네,
천사가 찾아오니 배웠다네,
  마침내 사람이 주님을 찾게 되었다네.

주님의 이름으로 청하기를 배웠다네,

주님의 믿음 안에서,
식솔과 아버지의 땅을,
도시와 국가를 일구었다네.

오랜 세월 인내하시며 660
사람이 주님께 찬미 바칠 수 있도록
진흙을 생명으로 정교히 다듬으신
주님께 찬미 바치세!

영혼

저 소리는 급히 불어오는 바람 같나이다.[92]
우뚝 솟은 소나무들 가운데서
지금은 여기서, 지금은 멀리서, 거세고 아름답게
부풀었다 잦아들며 주변에 메아리치니
바람이 흔드는 나뭇가지에서, 황홀한 향기가
흩어져 내려앉는, 여름 바람 같나이다.

천사단의 세 번째 합창

높이 계시는 지극히 거룩하신 주님께 찬미 바치세. 670
 깊이 계시는 지극히 거룩하신 주님 찬미 받으소서.
최고의 경이로움이 주님의 모든 말씀에 있다네,
 최상의 확신이 주님의 모든 길에 있다네!

천사는, 타고난 영질에
 알맞게 천부되었기에, 시련을 겪고도
견디며 동시에 온전하다네,[93]
 그리고 자신들의 자리를 천상에 마련하였다네.

천사에게는 땅거미도 일식도
 조금의 성장도 조금의 퇴행도 없다네.
그것은 희망이 없다네, 모든 것을 집어삼키는 밤 680
 혹은 기쁨 넘치는 낮이라네.[94]

그러나 천사보다 나이 어린 사람에게는
 실족 위로 희망이 솟아오른다네.

느리나, 확실하고, 우아하게
  그 아침이 만물 위로 밝아 온다네.

오랜 세월, 지나면서
  귀한 것과 천한 것이 나누어졌다네.
단단하고 음침한 무리에서[95]
  은총의 상속자들이 자라났다네.

오 사람! 비록 두 번째 탄생으로 불 밝힌 690
  활력의 한 줄기 빛이
마침내 예전 한때 그랬던 사람이 되게 해도,
  땅에서 천국이 세워지게 해도,

아직도 여전히 땅과 하늘 사이에,
  사람의 여행길과 목적지 사이에,
이중의 끔찍한 고통이[96]
  그의 영혼과 육체를 기다리고 있다네.

갑절의 빚을 갚아야 하니,

그가 지은 죄의 벌금이라네.
죽음의 냉기가 지나갔으니 700
이제 속죄의 불이 시작되었다네.[97]

영원히 진실과 공의로 통치하시며
영혼을 껍데기에서 끌어내어
오점을 불태우시는
주님께 찬미 바치세!

천사

저들이 그대에게 닥칠 고통에 대해 노래하노라.
그대가 그토록 간절히 질문했던 것이로다.
사람 몸 되신 하느님의 얼굴이
강렬하고 불가사의한 고통으로 그대를 내려치시리라.
그로 인해 남은 기억이 710
상처를 치유하는 최상의 치료제가 되리라.
그러나 동시에 상처를 성나게 해

악화시키고 더욱 벌어지게 하리라.

영혼

당신은 신비에 대해 말합니다.
그 말에 담긴 복잡함을 이해했다 여기지만
나 홀로 당신의 말을 해석하지 않고
천사의 목소리로 듣겠나이다.[98]

천사

그대가 심판주님을 뵐 때, 그것이 그대의 운명이라면,
주님의 모습이 그대 마음속에
온유하고, 자애롭고, 경건한 생각을 밝히시리라. 720
그대는 상사병이 들어 그분을 갈망하게 되리라.
마치 그대가 주님께 연민을 느끼듯,
그토록 다정하신 분이 그토록 편치 않은 자리에

스스로 임하시어, 그대처럼 미천한 것에 의해
몹시 상스럽게 이용당하신다고 느끼게 되리라.
주님의 수심 어린 두 눈에 담긴 그대의 죄의 목록이
그대의 손톱 밑 속살까지 꿰뚫으며 고통을 주리라.
그러면 그대는 그대 자신을 미워하고 혐오하게 되리라.
비록 지금은, 죄 없다고, 결코 죄 짓지 않았다 느껴도,
그대 죄지었음을 알게 되리라. 그러면, 730
살금살금 물러나 그분의 눈길을 피해 숨고 싶으리라.
그러나 주님의 얼굴에 담긴 아름다움 안에서
살고자 갈망하게 되리라. 이 두 가지 고통이[99]
너무나 상반되고, 너무나 날카로우리라.
그분을 뵙지 못할 때는 그분을 향한 갈망이,
그분을 뵙는다고 생각할 때는 자신에 대한 부끄러움이,
그대의 더할 나위 없이, 가장 날카로운 연옥이 되리라.

영혼

내 영혼이 내 손위에 있으니,[100] 어떤 두려움도 없나이다.
주님의 귀한 권능 안에서 번영도 고통도 감내하겠나이다.
그러나 들어보소서! 저 장대하고 신비로운 음률을.[101] 740
깊고 장엄한 큰 강물 소리와 같이
제게 쏟아져 옵니다.

천사

우리는 주님께서 현존하시는
알현실로 오르는 계단에 도착했노라.
저기, 권능의 천사대가 길 양편을 지키며
인간의 모습을 하신 주님을 찬양하고 있노라.

거룩한 계단을 지키는 천사들[102]

아버지께서는, 당신을 대면하는 이 누구도
　당신의 선하심을 알지 못했으나,
승리 가득한 은총을 무한히 드러내시며
　사람 곁으로 오시었다네.
실족한 사람은 하루의 창조물이라[103] 750
　주님의 사랑을 따라갈 재간이 없다네.
당신께서 이루신 승리를 알리기 위해서는
천사의 영원한 불꽃이, 천사의 넓은 마음이 필요하다네.

낙원 그늘 한가운데서
　슬픔으로 가득한 채
시름에 잠기신 위대한 창조주께서
　몸소 정하신 율법의 희생자로 고통받으시며,
한 창조물의 도움에 위로받으시는[104]
　모습을 지켜본 바로 그 천사가 필요하다네.
그 고독한 싸움에서 마음 아파하시는 주님을 지켜본 760
천사가 아니면 누가 깊고 높으신 주님을 찬양하리이까?

영혼

들으소서! 알현실의 문틀이 진동하며
음률을 메아리로 되돌아오게 합니다.

천사단의 네 번째 합창[105]

높이 계시는 지극히 거룩하신 주님께 찬미 바치세.
  깊이 계시는 지극히 거룩하신 주님 찬미 받으소서.
최고의 경이로움이 주님의 모든 말씀에 있다네,
  최상의 확신이 주님의 모든 길에 있다네!

원수가 거룩한 주님을 모욕한다네,
  마치 주님께서 맨 앞자리를 채우시려고,
주님의 꼭두각시인 사람을 배치하는 770
  잘못된 판단을 하시었다고.

사람은 천상의 정원에서

충분한 은총을 받는
살과 피의 존재이면서도
쓸모없는 파수꾼이었다고.

마치 자신을 도와줄 아내를
반드시 가져야 하는 존재가,[106]
천사의 생명을 지닌 저 오만한 반역자 무리를
견뎌내리라 여기시었다고.

그래서 원수는 이브의 감언으로 780
흙에서 태어난 아담이 실족했을 때,
승리에 차 소리치며 외쳤다네,
'불쌍한 파수꾼'이라고.

'조물주는 자신이 뱉은 말에 속박되었으니,
아무것도 벗어나지도 고쳐지지도 않을 것이라,
기필코 하느님의 사랑하는 아들이
죽도록 내버려 두겠네'라고.

천사

이제 문지방이다. 우리가 그것을 넘어서면
반갑게 맞아 주는 성가가 크게 울려 퍼지리라.

천사단의 다섯 번째 합창

높이 계시는 지극히 거룩하신 주님께 찬미 바치세. 790
 깊이 계시는 지극히 거룩하신 주님 찬미 받으소서.
최고의 경이로움이 주님의 모든 말씀에 있다네,
 최상의 확신이 주님의 모든 길에 있다네!

오 사랑의 지혜를 지니신 우리 주님!
 모두가 죄이고 수치인 그때,
두 번째 아담께서 싸움을 위해
 구원을 위해 오시었네.

오 지혜로우신 사랑!
 아담에서 실패했던 살과 피가

적들과 맞서 새로이 분투할 것이라네, 800
  분투해 승리할 것이라네.

은총보다 더 고귀한 은혜가
  살과 피를 제련할 것이니,
현존 주님과 주님의 자아 그리고
  주님의 실재가 전부 신성하시다네.

오 관대하신 사랑! 사람을 위해
  사람 속에서 적과 싸우신 주님께서
사람 위해 사람 안에서
  갑절의 고통을 겪으셨다네.

비밀리에 낙원에서 810
  높다란 십자가에서
주님의 형제를 가르치시어
  고통을 견디며 죽을 수 있도록 힘을 주셨다네.

〈더블린 뉴먼 대학 교회Newman's University Church, Dublin〉

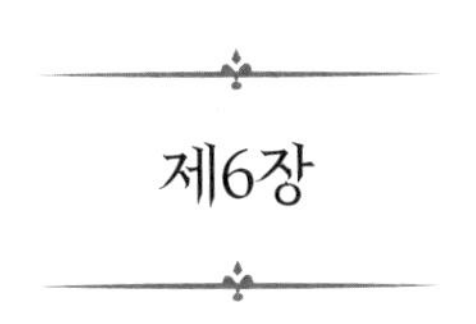

제6장

천사

……

이제 그대의 심판이 가까이 왔노라. 우리가
모습을 가리신 우리 주님의 현존 속에 들었노라.

영혼

……

지상에 두고 온 목소리들이 들립니다.[107]

천사

그대의 침상을 둘러선 신부와 친구들이
"임하사도우소서"[108]라고 기도하는구나.
여기까지 메아리치는구나.
주님의 옥좌 앞에 고통의 대천사가 서 계시다. 820
주님께서 외로이 언덕의 그늘에 무릎 꿇고 피를 적시던
그때, 힘이 되었던 그 존재와 같은 존재로다.
저 천사가 고통받는 모든 영혼, 죽어 가는 자와
죽은 자에게 가장 알맞은 간청을 주님께 드려 줄 것이다.

고통의 대천사

예수님! 당신께 내리치는 몸서리치는 두려움으로
예수님! 당신을 아프게 하는 냉혹한 실망으로
예수님! 당신 안에서 끓어오르는 마음의 고통으로
예수님! 당신을 아프게 하는 태산 같은 죄들로
예수님! 당신을 숨 막히게 하는 죄의식으로

예수님! 당신을 둘러싼 순수함으로 830
예수님! 당신 안에서 주권을 잡으신 존엄으로
예수님! 당신과 하나이신 하느님으로
예수님! 당신께 그지없이 소중한 이 영혼을 구해 주소서.
그들이 감옥에서 고요히 인내하며 기다리고 있나이다.
주님, 서둘러 주소서, 그들의 시간을, 그들이 당신께로 가,
영광의 집에서, 영원히 당신을 보도록 애써 주소서.

영혼

나는 나의 심판주님 앞으로 가나이다. 아!...

천사

…주님 이름으로 찬미 바칩니다!
저 간절한 영혼이 넘실대는 사랑의 힘으로
쏜살같이 제 손에서 달아나

소중한 임마누엘의 발아래로 날아갔습니다.[109] 840

그러나 그 발 앞에 닿기도 전에,

마치 후광처럼 빛을 발하며,

십자가를 둥글게 에워싼, 강렬한 신성함이,

저 영혼을 붙잡아, 불길에 그슬게, 움츠러들게 합니다.

지금 영혼이 장엄한 옥좌 앞에 조용히 엎드렸습니다.

오. 고통받으나, 행복한 영혼! 주님의 눈길에

안전하니, 여위었다가 생기를 되찾기 때문입니다.

영혼

나를 데려가소서. 깊은 심연, 그곳에

나를 두게 하소서.[110]

그곳에서 외로운 밤을 지키는 야경꾼들이 850

희망을 담아 나를 위해 청하나이다.

그곳에서, 나는 고통으로 움직이지 못하나 행복하고,

외로우나 절망적이지 않으리니,

그곳에서 끝없이 이어지는 슬픈 노래를

아침까지 부르려 하나이다.

그곳에서 마침내 유일한 평화를 찾을 때까지

욱신거리며, 쪼그라들고, 시들기를

멈추지 않는, 내 위축된 마음을

노래하려 하나이다, 달래려 하나이다.

그곳에서, 그곳에 계시지 않는 주님, 사랑의 주님을 860

노래하겠나이다. 저를 데려가 주소서.

더 빨리 위로 올라가, 영원히 계속되는

빛의 진실 안에서 주님을 뵙게 해 주소서.

제7장

천사

이제 황금으로 된 감옥이 문을 열리라.

솜씨 좋은 경첩을 축으로 양쪽 문이 회전하면

듣기 좋은 소리가 나리라.

그러면 그대들, 큰 권능의 연옥 천사들이

나의 책무인 소중한 영혼을

받아두리라, 그날이 올 때까지,

그날 그때, 모든 굴레와 상실에서 벗어난 저 영혼이

빛의 법정에 서도록 내가 되찾아 가리라. 870

연옥에 있는 영혼들[111]

1. 주님, 당신께서는 대대로
   우리에게 안식처가 되셨나이다.
2. 저 언덕과 이 세계가 생겨나기 전부터
   모든 세대를 거쳐 당신은 하느님이십니다.
3. 주님, 저희를 너무 비천하게 두지 마소서. 당신께서
   너 아담의 아들아 다시 돌아오라 말씀하셨으니.
4. 천년도 당신 눈에는 지나간 어제 같고,
   왔다가는 하룻밤과 같습니다.
5. 풀은 아침에 솟아오르고
   저녁이 밀려올 때 시들어 죽습니다.
6. 그처럼 저희는 당신의 진노로 스러져 가고,
   당신의 분노로 소스라칩니다.
7. 당신께서는 저희의 잘못을 당신 눈앞에 두시고,
   저희의 되풀이되는 날들을 당신 얼굴의 빛 속에
   두셨나이다.
8. 오, 돌아오소서. 주님! 언제까지리이까?
   당신의 종들에게 자비를 베푸소서.

9. 당신이 만드신 아침에 당신의 자애로 저희를
  채우소서. 모든 날에 기뻐하고 즐거워하리다.
10. 저희가 겪었던 굴욕의 나날만큼 저희가 기뻐하리다.
  악을 보았던 햇수만큼 저희가 기뻐하리다. 880
11. 오, 주님, 당신의 종을 굽어보시고 당신의 위업을
  지켜보소서. 당신의 자식들을 이끌어 주소서.
12. 주, 저희 하나님의 어지심이 저희 위에 내리소서.
  주님께서 저희 손이 하는 일이 그리되게 해 주소서.
성부와 성자 그리고 성령께 영광 있으라.[112]
태초에 그랬고, 지금도 그러하고, 앞으로도 계속
  그리할 것처럼, 무한히, 끝없이, 영광 있으라. 아멘.

천사

너그럽고 관대하게, 사랑으로 대속 받은 영혼아,[113]
  사랑 가득한 나의 팔에 지금 그대를 품으리라,
도도히 흐르는 처벌의 물길 위로, 나 그대를
  들어 올린 후, 내리리라, 그대를 끌어안아

조심스럽게 그대를 호수에 담그리라.[114]

그대는 울지도 거부하지도 않으리라. 890

도도한 물길을 통해 빠르게 그대의 여정을 떠나리라,

깊이, 더 깊이, 아득히 먼 곳으로, 가라앉으리라.[115]

그대가 내려앉으면, 즐거이 소명 받은 천사들이

그대를 달래고, 보살피고, 안심시켜 주리라.

지상에서는 모세가, 천국에서는 찬양자들이, 그대를

가장 높이 계시는 주님의 어좌 앞에서 도우리라.

잘 가거라. 영원한 작별이 아니리니! 친애하는 형제여,

그대의 슬픈 잠자리에서 용감하게 인내하라.

이곳에서의 심판의 밤은 신속히 지나가리라,

내가 아침에 그대를 깨우러 오리라.[116] 900

오라토리오 수도회에서 1865년 1월

〈버밍엄 오라토리오 수도회 성당〉

〈버밍엄 오라토리오 수도회 중정〉

〈옥스퍼드 성 처녀 마리아 교회St. Mary the Virgin, Oxford〉

작품 해설

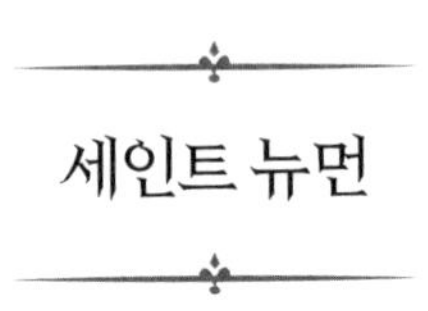

세인트 뉴먼

세인트 뉴먼Saint John Henry Newman은 1801년에 태어나 1890년 사망한다. 당시로는 특별하다고 할 만큼 긴 수명의 은총을 받아 19세기 영국을 거의 온전히 살았다. 생애 내내 19세기가 직면한 세속주의 흐름을 거스르기 위해 노력했고 끊임없이 진실한 신앙의 비전을 제시하기 위해 고투했다. 뉴먼은 진실한 신앙을 위한 논쟁을 마다하지 않았고, 이로 인해 홀로 고립되는 것을 두려워하지 않았다. 그의 삶은 세속주의 시대를 지나는 동안 종교가 어떤 노력을 했는지 보여 주는 거울과 같다. 로마 교황청은 이를 인정해 2010년 뉴먼을 시복한다. 2019년 2월 뉴먼의 성인됨이 공식 발표되었으며 2019년 10월 13일 바티칸의 성 피터 광장St. Peter Square에서 축성식이 거행된다. 일반적으로 성인의 축일은 사망일로 결정되나, 뉴먼 성인의 축일은 사망일이 아니라 개종일인 10월 9일로 정해졌다. 그의 개종이 개인적 삶에서도,

로마가톨릭 역사에서도, 그만큼 중요한 일이기 때문이다.

뉴먼이 살았던 19세기 영국을 한마디로 정의하자면 세속주의의 득세일 것이다. 인류는 오랜 세월 동안 끊임없이 조금씩 더 세속화되어 왔다. 19세기는 이러한 흐름이 절정에 이르러 가시적으로 나타난 때다. 산업혁명 이후 산업자본주의의 성장은 영혼의 가치를 깎아내리고, 개인주의의 유행은 신앙의 울타리에서 벗어나 자유롭고 독립된 존재성을 추구하도록 부추겼다. 주일 예배 참석은 선택이 되었고, 진실한 믿음은 의심의 대상이 되었다. 뉴먼은 이런 시대가 열리는 바로 그해에 태어났다.

뉴먼은 성공한 중산층 사업가였던 존John과 프랑스인 위그노 교도 저미마Jemima 사이에서 태어났다. 3남 3녀 중 맏이로 태어난 뉴먼은 아버지의 경제력과 어머니의 신앙심 속에서 풍족하고 안온한 유년기를 보낸다. 일곱 살에는 런던의 명문 사립 기숙학교인 일링 스쿨Ealing School에 입학한다. 이때도 뉴먼은 성경 읽기를 즐기는 신앙심 깊은 학생이었다.

> 나는 어린아이일 때부터 성경 읽기에서 커다란 기쁨을 느끼면서 성장했다. 그러나 열다섯이 될 때까지 어떤 종교적 확신도 구체화하지 못했다. 물론 교리문답서에 대해서는 완벽한 지식을 갖고 있었다.[117]

어려서부터 총명함이 남달랐고 학업 성적도 뛰어났으니 교리문답서를 완벽하게 꿰었다는 말은 사실일 것이다.

열네 살 무렵 불행히도 아버지의 은행과 양조장 사업이 뜻대로 진행되지 않으면서 가세가 기운다. 가족 모두가 경제적 어려움에 직면하면서 열다섯이 된 1816년에는 방학 동안 집에 가지 않고 기숙사에 머물게 된다. 이때 뉴먼은 건강이 안 좋아져 앓아눕게 되는데,[118] 이 시간이 종교적 각성으로 이어진다. 뉴먼은 이 당시를 다음과 같이 회고한다.

> 내 나이 열다섯 때, (1816년 가을에,) 생각에 큰 변화가 있었다. 나는 어떤 명확한 교리에 영향을 받아 나의 지성과 상상력으로 수긍하게 되었고, 이후 그것은 신의 자비로움으로 결코 잊히거나 불명확해지지 않았다.[119]

이때를 뉴먼의 첫 번째 개종이라 한다.[120]

다소 과장된 표현이기는 하나 19세기 영국에는 사람 수만큼 종파가 있었다는 말이 있다. 그만큼 많은 종파가 난립했다는 말이다. 오늘날 성공회라 불리는 영국 국교회만 해도 고교회파High Church, 저교회파Low Church, 광교회파Broad Church로 나뉘었다. 큰 분파만 언급한 것이 이 정도이며, 국교반대파Dissenters도 여러 갈래로 나누어져 있었다. 종파의 난립은 그 시대가 의심의 시대임을 상징한다. 동시에 교회가 더 진실한 믿음을 찾기 위해 노력했다는 말도 된다. 수많은 교회를 통해, 빅토리아시대 영국의 종교적 감정은 쇠퇴가 아니라 오히려 착실하게 성장하고 있었다.[121] 19세기 영국은 세속주의가 아니라 종교주의 시대였다.

물론 가시적인 세속화는 점점 더 심해졌다. 1851년 잉글랜드와 웨일즈에서는 전체 인구 1800만 명 가운데 700만 명 남짓만이 예배에 참석하는데, 이것은 대체로 참석 가능한 인구 1200만 명 가운데 500만 명 정도가 예배에 불참했음을 의미한다.[122] 이런 상황은 더욱 심각해져 19세기 후반에 이르면 다양한 방식의 반종교적 태도, 이를테면 자유주의, 회의주의, 합리주의, 불가지론, 세속주의, 인본주의 등이 광범위하게 퍼진다.[123] 소위 지식인층에서는 이런 생각들을 더 세련된 것으로 여기는 풍조도 생겨난다.

이런 상황에서 개종은 단순히 교회를 옮기는 것 이상의 의미가 있었다. 부모로부터 물려받은 신앙을 거부하고, 주일이면 으레 가던 교회를 가지 않는 것이다. 가족은 물론 이제껏 자연스럽게 속해 있던 교회라는 중요한 사회공동체와 결별하는 일이다. 이런 일이 한 개인의 진지한 고민과 내적 의지를 통해서 이루어졌다. 이는 개인이 공동체의 한 구성원이 아니라 오로지 유일한 존재로서의 개인성을 실현하는 것이며 주체로서의 자아를 증명하는 것이다. 열다섯 살에 뉴먼이 얻은 종교적 각성을 개종이라 부르는 이유는 이 때문이다.

뉴먼의 첫 번째 각성은 복음주의Evangelical 교리를 스스로 내면에 깊이 받아들인 것이다. 일링 스쿨의 선생이던 복음주의자 마이어즈Walter Mayers에 감화되어서였다. 복음주의는 18세기에 시작되어 19세기 영국 종교에 가장 광범위하게 영향을 미친 종파이다. 뉴먼에게도 복음주의의 영향은 오래도록 유지되었다.

> 나는 그것을 즉시 받아들였으며, 나의 양심에 비추어 (그리고 내게 손발이 있다는 사실보다 훨씬 더 확신하는) 내면으로부터 이루어진 개종은 다음 생까지 지속되리라, 나는 영원한 영광으로 선택되리라, 믿었다… 나는 스물한 살까지 이를 믿었고, 그 후 차츰 잊었다. 그러나 나는 그것이 앞서 언급했던, 유치한 방향으로 펼쳐졌던 상상력에, 나의 견해에, 어떤 영향을 미쳤다고 확신한다. 이를테면 나를 감싸고 있는 객관에서 나 자신을 분리하고, 물질적 현상의 실체를 향한 불신을 강화하여, 완벽하고 분명하며 자명한 존재인, 오로지 두 존재, 나와 나의 창

조주만을 생각하는 것이다.[124]

뉴먼은 스물한 살 무렵 복음주의 영향에서 벗어난 것처럼 말하지만, 실제로 복음주의 영향에서 완전히 벗어난 것은 1843년이다. 이때가 되어서야 "젊은 시절의 이성과 판단을 지우고"[125] 로마가톨릭의 교황주의를 참된 교리로 온전히 받아들이게 된다.

뉴먼의 마음은 열다섯 이후 한순간도 멈추지 않고 더 옳은 방향을 향해 나아간다. 1817년에는 생애 중 가장 드라마틱한 경험을 하게 되는 옥스퍼드에 입성한다. 옥스퍼드 대학의 트리니티 칼리지Trinity College에 입학한 뉴먼은 뛰어난 학업 성적으로 곧잘 장학생으로 선발되었다. 그의 성격도 학문에 몰두하는 데 도움이 되었다. 뉴먼은 또래보다 훨씬 더 진지하며, 사려 깊고, 수줍음을 잘 타는 성격이었다.[126] 당시 옥스퍼드대 학생들은 모두 칼리지의 기숙사에서 함께 생활하고 함께 사교활동을 했다. 그중에 하나가 와인즈Wines였는데, 당시 학생들이 즐기던 여흥 중에서 가장 흔한 형태였다. 여섯 명 정도의 학생이 저녁 식사 후 그들 중 하나의 방에 모여 한두 시간 정도 와인을 마시며 대화를 나누는 것이다.[127] 누구도 취할 만큼 마시지 않았지만, 뉴먼은 이조차도 용납하지 않았다. 진지하게 대학 생활을 마쳤고 그의 학문은 동급생 누구와도 비교되지 않을 만큼 뛰어났다. 학업으로 인한 스트레스 때문에 1820년 졸업시험에서 아쉽게도 최우수 성적을 거두지 못했지만, 그동안 쌓아 온 명성이 손상되지는 않았다.[128] 뉴먼의 학자로서의 탁월함은 졸업 후 채 삼 년이 지나지 않은 21살이라는 젊은 나이에 옥스퍼드 대학 오리엘 칼리지Oriel College의 선임연구원Fellow이 된 것으로 증명되었다.

뉴먼이 언제 종교인으로의 삶을 선택했는지는 정확히 알 수 없다. 아마도 열다섯 살의 첫 번째 개종 이후 그렇게 정한 것이 아닌가 추측된다. 선임 연구원이 된 바로 이듬해인 1824년, 뉴먼은 영국 국교회 사제 서품을 받는다. 서품 이듬해 동생 프란시스Francis William의 생일을 맞아 쓴 시를 보면 사제직을 소명으로 여겨 왔음을 알 수 있다.

> 친애하는 프랑크, 우리 모두 이제
> 주님의 전사로 소환받았다네. 나는
> 병적에 이름을 올렸으니, 그대도 곧
> 그대의 칼을 여며야 하네.
> 가벼이 주어진 것이 아닌, 천국의 전령으로
> 봉사하라는 고귀한 직분이라네![129]

당시에 모든 영국 국교회 성직자가 뉴먼과 같이 성직을 소명이라 여기며 진지하게 받아들이지는 않았다. 그들 중 상당수는 성직을 직업적인 관점에서 선택했다. 오늘날처럼 직업군이 다양하지 않았던 시대라 학문적 소양을 갖춘 지식인 남성이 선택할 수 있는 직업이 그리 많지 않았다. 이런 상황에서 국교회 교구 사제는 지역 교구민에게 존경받고 사회적으로 품위를 유지할 수 있는, 이른바 '신사'가 하기에 적합한 직업이었다. 더구나 국교회 교구 사제는 반드시 교구에 머물지 않아도 되었다. 원한다면 교구를 비우고 런던에 머물며 사교 생활을 즐길 수도 있었다. 피해를 보는 것은 오로지 교구민이었다. 그들은 사제로부터 필요한 영적 위안과 지도를 제때 받기 어려웠다. 당시 국교회 교구 사제는 친절하고 존경받았지만, 소명의 위대함을 목적으로 살지는 않았다.[130]

반면에 뉴먼은 성직의 소명이 갖는 무게를 알고 있었다. 이 같은 진지함이 그를 언제나 좀 더 근본적인 방향으로 나아가게 만들었다. 뉴먼이 주도했던 옥스퍼드 운동Oxford Movement도 그 여정에 있다. 18세기 내내 영국 국교회는 조용한 시절을 보냈다.[131] 세상의 변화와 무관하게 지내면서, 합리주의와 계몽 정신 속에서 무럭무럭 자라는 세속주의를 그냥 쳐다보고만 있었다. 19세기 초입까지도 영국 국교회는 국가와 안정된 관계를 맺고 있었다. 국가 입장에서는 왕좌와 교회 제단이 일체라는 국교회 관념이 프랑스 혁명 정신에 대응하는 적절하고도 실질적인 유용함이 있다고 판단했다.[132] 국교회는 국교회대로 국왕이 수장인 종파로서의 우월한 지위를 편안하게 받아들이고 있었다.

국가와 교회의 밀월 관계가 끝난 것은 세속화된 국가가 교회의 힘과 권위를 침범하기 시작하면서이다. 첫 번째 계기는 1829년 로마가톨릭 구제법the Roman Catholic Relief Act이다. 영국에서 로마가톨릭 구제법은 이전에도 제정되었다. 1791년에 제정되어 로마가톨릭 신도에게 부과된 정치, 경제, 교육에서의 제한을 풀어 준 사례도 그중의 하나이다. 그러함에도 1829년의 구제법을 가톨릭 해방령the Catholic Emancipation Act이라 부르며 무게를 두는 이유는 로마가톨릭 교도가 국가 공직에 복무할 수 있도록 명문화했기 때문이다. 로마가톨릭이 의회에 입성해 자신의 정치적 발언권을 갖게 될 가능성이 열린 것이다. 이러한 의회의 결정은 헨리 8세 이후 영국에서 차별받아 온 로마가톨릭 교도에 대한 문제 인식에서 비롯된 것이 아니었다. 인구 대다수가 로마가톨릭인 아일랜드를 달래어 날로 거세지는 아일랜드의 독립요구를 가라앉히겠다는 것이 실제 속셈이었다.

국교회는 의회의 결정을 매우 심각하게 받아들인다. 이런 와

중에 의회는 불에 기름을 붓는 결정을 더한다. 아일랜드에서 영국 국교회 주교를 폐지 혹은 통합하겠다는 것이다. 사실 아일랜드에서 영국 국교회는 종교적으로 유명무실하지만, 정치적, 경제적으로는 막대한 피해를 주고 있었다. 로마가톨릭이 대부분인 아일랜드에서 영국 국교회 주교 제도는 제국주의의 첨병과 다름없어 보였다. 대영제국에 대한 거부감을 높이고 아일랜드의 민족주의를 강화하는 역할만 했다. 더구나 국교회 주교제 유지를 위해 막대한 비용이 계속 들어갔다. 영국 의회는 교회가 갖는 상징적 권위가 아니라 비용 대 효율이라는 경제적 논리를 앞세워 통폐합 결정을 관철했다.

국교회는 크게 반발한다. 하늘에서 부여받은 교회 권력이 세속의 권력에 의해 휘둘렸다는 것은 그 자체로 신앙의 존엄성을 훼손한 것이라 여겼다. 가장 먼저 나선 이가 키블John Keble이다. 1872년에 태어난 키블은 뉴먼보다 모든 면에서 선배이다. 1806년 옥스퍼드 대학 코퍼스 크리스티 칼리지Corpus Christi College에 입학해 1811년 오리엘 칼리지의 선임연구원이 되었다. 1827년에 출판한 『그리스도인의 한 해*The Christian Year*』는 당시에 이미 만 권이 넘게 팔린 베스트셀러였다. 19세기 전체를 통틀어도 키블의 시집에 필적할 만한 인기를 누린 것은 아놀드Matthew Arnold의

『기억하며*In Memoriam*』뿐이다. 키블의 명성은 전국적으로 드높았다. 더구나 『그리스도인의 한 해』는 성공회 『공동 기도서*Book of Common Prayer*』[133]의 축일과 주일 전례를 따르는 방식으로 내용이 구성되어, 키블의 국교회를 향한 충성심도 공인되었다. 키블은 1823년 교구 사제가 되어 옥스퍼드 대학을 떠나 있었지만, 『그리스도인의 한 해』가 엄청나게 성공하면서 옥스퍼드에 거주하지 않는 조건을 달고 시 학부 교수non-resident professor가 되었다.[134]

1833년 키블은 옥스퍼드 대학 내 교회인 성 처녀 마리아 교회St Mary the Virgin에서 여름 동안 강론하는 임무를 수행하고 있었다.[135] 그때의 강론 중 하나가 바로 그 유명한 「국가의 배교National Apostasy」이다. 키블은 학생들 앞에서 아일랜드 교회를 개혁하려는 영국 의회 법안을 반대하고, 그 근거로 교회는 정부의 한 부서가 아니라 신성한 기원에서 유래한 것이라고 주장했다.[136]

뉴먼은 「국가의 배교」가 강론될 때 옥스퍼드에 없었다. 바로 전 해인 1832년 12월부터 지중해 근방을 순례하고 하루 전날 영국에 도착했다. 이 여행은 뉴먼에게 큰 영향을 미친다. 특히 시인 뉴먼을 설명하기 위해서는 반드시 언급해야 한다. 『제론시오의 꿈』을 제외하고, 뉴먼이 쓴 대부분의 시가 이 시기에 완성되었다.

뉴먼의 시 중에서 가장 널리 알려진 시 「이끌어 주소서, 친절한 빛이여Lead, Kindly Light」도 이때 완성되었다.

이끌어 주소서, 에워싼 어둠 가운데 계신 친절한 빛이여,
　　나를 당신께 이끌어 주소서!
밤은 어둡고, 나는 집에서 너무 멀리 왔습니다.
　　나를 당신께 이끌어 주소서!
당신께로 나의 발길을 붙들어 주소서! 먼 곳을
보고자 청하지 않으니, 제게는 한 걸음이면 족하나이다.

이제껏 그리하지 못하였고, 이끌어 달라 당신께
　　간구하지도 않았나이다.
나는 제 길을 선택해 보려 했나이다. 그러나 이제
　　당신께서 나를 이끌어 주시기를 바라나이다!
화려한 날을 사랑했으며, 두려움에 차서도
오만이 내 의지를 지배했던 지난날은 기억하지 않으렵니다.

그토록 오랫동안 당신의 힘이 나를 축복해 주셨듯이,
　　틀림없이 계속해서 나를 이끌어 주소서,
황야 너머, 소택지 너머, 바위산과 급류 너머로,

밤이 지날 때까지.

그때 아침이 오면 제가 오래전에 사랑했고

한동안 잃어버렸던 그 천사들의 얼굴이 미소 지으리다.

이 시가 처음 세상에 나왔을 때는 제목이 없었다. 1836년 출판된 『리라 아포스톨리카*Lyra Apostolica*』를 보아도 제목 없이 "저기 어둠 속에 빛이 경건하게 떠오른다Unto the godly there ariseth up light In the darkness"라는 발문만 있다.[137] 별도의 제목이 없는 시는 첫 행을 제목으로 간주하는 것이 관례이다. 그러나 이 시의 경우 찬양가로 만들어지면서 첫 행의 전반부인 "이끌어 주소서, 친절한 빛이여"를 제목으로 삼았기에 이렇게 알려졌다.

뉴먼이 로마가톨릭으로 개종 후한 이 시에 「구름 속의 기둥The Pillar of the Cloud」[138]이라는 제목을 붙였지만 소용없었다. 새로운 제목으로 불리기에는 이미 시가 너무 유명해졌고, 찬양가도 큰 사랑을 받았기 때문이다. 뉴먼도 "그때 이후로 널리 알려졌다"[139]라고 표현할 만큼, 1880년대에는 영국 전역에 유행했다.[140] 오늘날 비평도 뉴먼의 「이끌어 주소서, 친절한 빛이여」가 "모든 옥스퍼드 운동 시 중에서 가장 힘 있는 시"[141]라고 평가한다.

부정적인 평가도 있기는 하다. 시가 전체적으로 개인적이며 특히 마지막 연은 지나치게 개인적이라는 평이다.[142] 언뜻 보기에도 일리 있는 말이다. 뉴먼의 「이끌어 주소서, 친절한 빛이여」는 그때껏 영국의 대표적인 종교 시인이었던 존 던John Donne이나 허버트George Herbert의 시와는 많은 면에서 달랐다. 뉴먼은 멀리 보이는 한 줄기 빛을 좌표로 정한 후 그 빛을 따라가기로 결심한다. 오점 많던 과거도 깨끗이 청산한다. 뉴먼의 시는 던과 허버트에서처럼 신에게 자신의 껍데기를 부수어 달라고 간청하지도 않고, 새로 태어나게 해 달라고 간구하지도 않는다. 그는 과거의 자신과 다른 존재로서 빛 앞에 홀로 선다. 자신의 의지로 그렇게 하기를 결정한다.

뉴먼이 「이끌어 주소서, 친절한 빛이여」에 그린 자아는 영적 개인주의spiritual individualism를 연상시킨다. 19세기 개인주의는 모든 분야에서 개인성individuality을 강조하거나 추구하도록 만들었다. 신앙에서는 영적 개인주의라는 형태로 나타났다. 개인이 신 앞에 주체로 서서 일대일로 신과 조우한다는 점에서 좀 더 현대적이다. 그러나 영적 개인주의는 개인이 스스로의 인내로 고립을 선택한 채 냉담하게 홀로 존재하기에 자아의 붕괴를 초래할 위험도 상존한다.[143] 뉴먼은 그 위험을 신의 존재에 대한 확신으로 극복한다. 그의 자아는 깊은 밤 망망대해에 떠 있는 한 척의 배처럼 고립되어 있지만, 신의 빛 앞에 있다. 홀로 선 그의 영혼이 할 일은 그저 신이 보여 주는 한 줄기 빛을 따라 "한 걸음"을 떼면 된다.

뉴먼이 제시한 "한 걸음"은 세속주의 시대를 살아가는 보통 사람들에게 매우 효율적인 신앙 방법론이다. 신의 말씀을 의심하는 시대, 흔들리는 마음에 지지대가 되지 못하는 교회, 스스로 생각하고 결정하기를 권하는 가치 체계 사이에서 사람들은 홀로 생각하고 쉽게 회의주의에 빠진다. 뉴먼은 이들에게 그저 "한 걸음"만 나아가라고 말한다. 참된 신앙인이 되는 것은 영적 초월처럼 거창한 경험이 아니라 "한 걸음"처럼 작은 것을 통해 누구라도 할 수 있는 일이라고 말한다. "한 걸음"은 한 번의 기도, 한 번의 예배 참석, 한 번의 찬송도 될 수 있다. 신의 존재에 대한 확신과 인간이 옳은 방향으로 진보할 것이라는 믿음이 없다면 불가능한 제안이다.

옥스퍼드 운동도 뉴먼의 이러한 확신과 희망에서 탄생한다. 일반적으로 옥스퍼드 운동의 목적과 방향에 절대적인 일관성, 높은 수준의 통합성과 내적 일치성을 상정하는 것은 이 운동을 잘못 이해한 것이다.[144] 옥스퍼드 운동은 매우 다양하고 복잡하며 자유로운 정신 위에 서 있는 운동이다. 운동을 주도한 인물들 간에 존재하는 사상의 차이가 가시적으로 드러난 때는

1841년이다. 이때부터 옥스퍼드 운동은 옥스퍼드 대학이 17세기 이래 지속적으로 유지해 온 고전적 고교회파 성공회주의Anglicanism로부터 벗어나기 시작한다.[145]

그 시작이 뉴먼이다. 뉴먼은 키블의 연설에 대해 듣고, 연설에 담긴 진실을 널리 알려야 한다고 판단한다. 단언컨대 뉴먼이 없었다면 옥스퍼드 운동은 체계를 갖춘 전국적 규모의 운동으로 성장할 수 없었다. 옥스퍼드 운동에 영향을 받은 빅토리아시대의 다양한 사회문화적 특성도 생겨나지 않았을 것이다. 뉴먼은 지중해 여행 동안 자신이 라틴 문학과 그리스 고전 분야에서 학자라는 경력을 쌓는 데 토대가 되었던 지적, 종교적 본산을 직접 대면하고,[146] 이로부터 얻은 영감을 옥스퍼드 운동의 핵심 가치로 설정한다.

뉴먼으로 인해 옥스퍼드 운동은 교회의 권위와 영성을 회복하자는 기치를 높이 들게 된다. 구체적 방법론으로 초기 교회의 사도the Apostles 정신을 되살리고 가톨릭 의례에 담긴 순수한 전통 정신을 회복하자는 것이 선택된다. 이것이 자칫 고답적이고 단순한 미학적 관심으로 비치는 것을 막기 위해 뉴먼은 신학적 지식을 이론적 토대로 제시한다.[147] 그 토대 위에서 종교를 세속화시키는 모든 특성을 조목조목 열거하며 반대해 나간다. 뉴먼

덕분에 오늘날 옥스퍼드 운동은 반-합리적, 반-자유주의적, 반-개인주의적, 반-상대주의적 철학으로 요약된다.[148]

뉴먼은 옥스퍼드 운동이 실질적 힘을 갖고 전국적으로 확산하도록 동력을 불어넣고 체계화시킨다. 그 첫 번째가 『소책자』의 출판이다. 키블의 강론 후 뉴먼은 두 달이 채 안 된 9월 1일 『소책자 1번*Tract No. 1*』을 직접 써서 발간한다.[149] 열렬한 관심 속에 일주일 만에 재판한다. 소책자의 정식 명칭은 『시대를 위한 소책자*Tracts for the Times*』이다. 『소책자』의 본질을 제대로 이해하기 위해서는 "소"가 아니라 "시대"라는 말에 더 주목해야 한다. "소"라고 하지만 결코 작지도 적지도 않으며 그 영향력과 인기는 가히 폭발적이었다. 옥스퍼드 운동이 소책자주의Tractarianism라는 별칭을 얻는 것도 이 때문이다. 역사적으로 볼 때 소책자를 발행한 정치, 사회, 종교 운동은 더 많았지만, '소책자주의'를 고유명사로 차지한 것은 영국의 19세기 옥스퍼드 운동뿐이다. 그만큼 옥스퍼드 운동에서 『소책자』는 중요한 의미를 갖는다.

1833년 9월 『소책자 1번』부터 1841년 『소책자 90번*Tract No. 90*』까지 총 90편이 10년 가까운 시간 동안 지속적으로 발행되었다. 『소책자 46번*Tract No. 46*』과 『소책자 47번*Tract No. 47*』 사이에는 『보고서*Report*』라는 이름의 팸플릿이 18번 더 발행되었다. 뉴먼이 처음 발행한 『소책자 1번*Tract No. 1*』은 4쪽에 불과하지만 『소책자 89번*Tract No. 89*』은 186쪽에 달할 만큼 방대하다. 이 모든 것을 뉴먼이 기획했다. 뉴먼은 첫 번째와 마지막 『소책자 90번』을 썼고, 전체 소책자 중에 가장 많은 수를 썼다. 소책자 중에서도 가장 논란이 되고 가장 기념비적인 것은 모두 뉴먼의 것이다.

일반적으로 키블의 「국가의 배교」를 옥스퍼드 운동의 시작이라고 여기지만, 이렇게 규정한 사람도 뉴먼이다.[150] 이를 두고 뉴먼이 키블에게 과도한 명예를 씌웠다고 말하는 사람도 있다.[151] 키블은 진실하고 신앙심 깊은 사람이지만 전국적 운동을 꿈꾸거나 기획할 만큼 거창한 목표를 가진 사람이 아니었다. 전원의 삶을 사랑했으며 교구민에게 사랑받는 영국 국교회 시골 사제로서의 삶에 충실했다. 그의 유일한 꿈은 소명의 무게를 아는 진실한 국교회 교구 사제로 생을 마감하는 것이었다. 그런 키블의 강론을 옥스퍼드 운동의 시작이라고 규정한 것은 뉴먼이 키블의 강론과 옥스퍼드 운동의 공통점을 동시대 누구보다 빨리 통찰했기 때문이다.

그러니 뉴먼이 로마가톨릭으로 개종한 것은 영국 전체를 충격으로 몰아넣는 사건이 될 수밖에 없었다. 영국 국교회의 수장이 영국 국왕이라는 사실 때문에 국교회를 향한 충성이 영국 국가에 대한 충성과 같은 의미이던 시절이다. 1829년 가톨릭 해방령은 로마가톨릭 세력이 커질 것이라는 우려로 가톨릭에 대한 거부감만 키웠다. 이런 상황에서 영국의 많은 사람은 로마가톨릭으로 개종하는 것을 유럽에 있는 교황에 충성하기 위해 영국 국왕을 향한 충성을 거둔 것으로 이해했다.

뉴먼의 개종은 더더구나 그렇게 받아들여졌다. 많은 이가 뉴먼에 의해, 옥스퍼드 운동에 의해, 국교회가 옛 위엄을 되찾을 것이라 기대했다. 동시에 많은 이가 꾸준히 뉴먼의 마음을 의심하거나 변심하리라 예측했다. 뉴먼의 개종은 그에게 희망을 걸었던 사람들에게는 국가적 배신이었고, 그를 의심했던 사람들에게는 자신의 의심이 옳았음을 확신하는 기회가 되었다. 뉴먼이 옥스퍼드운동 내내 펼쳤던 모든 가톨릭 친화적 교리는 정당성과 순수성을 잃었다.

사실 뉴먼의 개종은 이전부터 예측 가능한 일이었다. 1840년 뉴먼은 『소책자 79번. 연옥에 관하여*Tract NO. 79. On Purgatory*』를 통해 일반적으로 널리 알려진 연옥 교리의 오류를 지적했다. 뉴먼은 성경과 다양한 가톨릭 문헌에서 그 근거를 찾아 증거로 제시했다. 글의 요지는 로마가톨릭의 연옥 교리가 잘못되었다는 것이었지만 대중의 반응은 전혀 예상 밖이었다. 연옥의 근거를 성경에서 찾아낸 점이나 연옥 교리를 설명하기 위해 동원한 수많은 가톨릭 문헌들, 그것들로 채워진 61쪽이라는 상당한 양의 책자는 뉴먼이 로마가톨릭에 대해 얼마나 해박하고 또 얼마나 몰입해 있는지를 보여 주는 증거가 되었다. 뉴먼이 "로마주의에 반대하는Against Romanism"라는 부제를 붙였음에도 불구하고 『소책자 79번』은 뉴먼이 로마로 기울었다는 의심을 불러일으켰다.

당장 국교회를 중심으로 거센 논란이 일었다. 뉴먼이 로마가톨릭으로 개종할 것이라는 추측 혹은 로마로 개종하지 않는 채 국교회를 로마화할 것이라는 의심에 답해야 했다. 뉴먼은 "로마가 우리를 향해 움직여야지, 우리가 로마로 향해 가는 것은 진실로 가능하지 않다"[152]라고 대답했다. '우리'는 뉴먼을 포함해 옥스퍼드 운동에 참가한 모든 사람을 지칭하는 것이다.

그러나 뉴먼의 마음은 '우리'에서 벗어나 점점 더 근본적인 지점을 향해 "한 걸음"씩 전진하고 있었다. 신의 의지라고 판단되는 방향으로 나아가겠다는, 그 길이 다소 느리고 외로울 수 있지만 결코 멈추지 않겠다는 결심과 함께였다. 뉴먼은 개종은 그 결심의 끝에 있었다.

말하자면 나의 결단은, 오로지 나의 자아만 고려한 것으로, 다른 사람의 도움을 완전히 배제한 채, 개인적 성공

과 개인적 실패 외에 다른 어떤 성공과 실패에 대해서도 고려하지 않은 채, 세상으로부터의 비난이나 인정에 대해서도 관심 두지 않은 채, 고민한 것이다. 여러 해의 결심을 거친 후, 신께서 나를 부르신다고 느낀 그 해에, 만약 내가 결혼을 한다 해도 교회의 규칙을 어긴 것이 아닌 그곳에서, 만약 내가 따르지 않는다면, 선한 섭리의 신께서 여러 문을 열어 두셨으니, 그에 대해 응답해야만 했다. 그때 나는 교회나 외부에 어떤 영향을 미치려는 목적이 아니라, 오로지 나 자신만 생각했다. 동시에 신께서 다른 사람들의 마음에도 같은 방식으로, 자신들의 개인적 사상을 추구하도록 만드셨고, 태생적으로 더 나은 존재됨과 고양을 소망하도록 만드셨고, 개인적이고 사적인 결심들이 방해를 받아도 양심의 정당성에 큰 상처를 입지 않는다고 생각하게 만드셨음이, 내게 큰 위안이 되었다. 당신들의 신께서도 그런 종교적 결단이 우리 교회를 향한 헌신의 마음을 굳건히 하는데 필요하다는 확신을 내게 허락하실 것이다. 내가 했던 모든 일의 이유는 개인적인 것이었다.[153]

뉴먼이 개종을 결행하기까지의 심리적 고뇌를 회고한 글이다.

이에 따르면, 뉴먼은 여러 해를 홀로 결심에 결심을 더해 갔다. 그 과정에서 스스로가 영국 국교회에서 차지하고 있던 상징적 위치, 교회에 미치는 영향력, 대학에서의 경력, 학자로서의 명성과 같은 외부적 조건에 대해 조금도 고려하지 않는다.[154] 그는 오로지 자신의 내면에 들리는 신의 음성에만 귀 기울였다. 그는 오로지 양심을 결정의 준칙으로 삼았다. 자신의 선택이 옥스퍼드 운동에 어떤 파장을 불러일으킬지, 국교회에 어떤 영향을 미칠지, 어떤 비난이 자신에게 쏟아질지 대략 짐작했을 것이다. 그래도 그는 그 선택을 할 수밖에 없었다.

1833년 옥스퍼드 운동을 시작으로 뉴먼은 영국 국교회의 상징이었다. 그러나 1845년 로마가톨릭으로 개종한 후에는 영국 관구 로마가톨릭의 상징이 되었다. 그는 너무 유명했고, 영향력도 너무 컸다. 영국 전역을 뒤흔들며 국교회에 자정 노력을 불러왔던 옥스퍼드 운동은 뉴먼을 잃음으로써 순식간에 동력을 잃었다. 뉴먼과 함께 운동을 시작했던 키블은 교구로 돌아갔고, 퓨지Edward Bouverie Pusey는 옥스퍼드 대학에 남았지만 홀로 고립되었다. 옥스퍼드 운동의 가치는 퓨지를 추종한다는 의미의 퓨지주의Puseyism, 혹은 가톨릭의 예배 의식, 의식 절차, 예배에서 사용되는 실제 장신구들에 관심을 둔다는 의미의 의례주의

ritualism로 불리게 되었다.[155]

반면에 영국 내 로마가톨릭은 뉴먼으로 인해 부흥의 계기를 맞았다. 가톨릭 해방령이 발표된 후에도 영국 관구 내 로마가톨릭은 질적 성장을 이루지 못했다. 반-가톨릭 정서 때문이다. 반면에 양적으로는 크게 성장하고 있었다. 감자 기근을 피해 건너온 아일랜드인들 대부분이 가톨릭교도였기 때문이다. 이들로 인해 전체 교도 수는 급증했지만, 이를 관리할 성직자의 수는 절대적으로 부족했다. 이런 상황에서 뉴먼이 개종했고 그를 따라 영국의 지식층 특히 옥스퍼드 운동에 참여했던 젊은이들이 잇달아 개종했다. 학식과 열정이 넘치는 젊은이들이 기꺼이 가톨릭 사제가 되어 부족한 성직 인력을 채우기 시작했다. 이는 헨리 8세 이래 유지되어 온 영국의 가톨릭 역사를 끝내고, 새로운 역사를 시작한 기점이 되었다.[156] 영국에서 드디어 자발적으로 새롭게 로마가톨릭교도가 되는 사람이 생긴 것이다. 뉴먼의 개종이 영국 종교사에, 로마가톨릭 역사에, 기념비적인 이유이다.

뉴먼은 오랫동안 빅토리아시대를 들여다보는 거의 모든 작업에서 중요 인물로 거론되어 왔다. 종교뿐 아니라 정치, 사회, 문화 전반에 이르기까지 그 영향력이 대단했기 때문이다. 뉴먼만큼 고전부터 신학에 이르기까지 다양한 방면으로 엄청난 양의 책을 출판한 종교 사상가는 19세기 내내 없었다. 개별 저술의 완성도와 깊이에 대해서도 논할 필요가 없을 만큼 각각이 다 빼어났다. 1851년부터 1858년까지 아일랜드 가톨릭 대학The Catholic University of Ireland[157]을 설립하고 초대학장을 역임하는 과정에서 얻은 통찰은 『대학의 관념*The Idea of a University*』에 반영되었다. 이 책은 근 백 년이 지난 "제2차 세계대전 후 대학이 한창 확장되던 시기에 고등교육을 위한 수사학적 틀과 관념적 체계를 제공했다."[158] 현재까지도 "이제껏 쓰인 고등교육에 관한 가장 중요한 책 중의 하나"[159]로 간주된다. 뉴먼의 영적 자서전 『나를 위한 변론*Apologia Pro Vita Sua*』은 "영어로 된, 가장 훌륭한 자서전 중의 하나" 혹은 "영어로 쓰인 모든 자서전 중에 가장 아름다운 것"이라는 찬사를 받는다.[160] 뉴먼의 자서전과 비견되거나 더 높이 평가받는 비영어권의 책은 아우구스티누스의 『고백록*Confessions*』 정도가 있을 뿐이다.

뉴먼은 1879년 추기경으로 서임된다. 그의 추기경 서임에 반대도 있었다. 복음주의부터 옥스퍼드 운동과 개종까지 그의 삶의 궤적과 사상은 투명하게 대중에게 공개되어 있었다. 그것을 통해 혹자는 그의 사상이 지나치게 자유주의적이라고 평가했고, 혹자는 이단이라고 비난했다. 뉴먼은 일생을 교회 내에 파

고든 자유주의와 싸웠지만, 그의 사상이나 삶은 매우 자유주의적으로 보였다. 그런 우려를 알면서도 교황청은 급성장하고 있는 영국 관구에서 뉴먼이 갖는 영향력과 상징적 위치를 제대로 평가하고자 했다. 주교였던 적도 없는 사제 뉴먼은 그렇게 추기경이 되었다.

뉴먼의 사상은 시간이 지나면서 더욱 조명받았다. 뉴먼의 신학 저술 중의 하나인『승인의 문법*A Grammar of Assent*』은 온건하지만 '포스트모던'적으로 해석될 만큼 시대를 앞섰다.[161] 1961년부터 1965년까지 이어진 제2차 바티칸 공의회는 종종 '뉴먼의 공의회'라 불리는데, 교황 바울 6세Paul VI가 '뉴먼의 공의회'라고 명명했다고 한다.[162] 그만큼 제2차 바티칸 공의회가 다룬 모든 의제에는 뉴먼의 사상이 어른거렸다. 뉴먼의 사상은 시대를 앞섰고, 그 바탕에는 교회에 대한 걱정과 인간에 대한 사랑, 세계와 미래에 대한 깊은 통찰이 있었다. 바티칸 교황청이 뉴먼을 성인으로 봉한 2019년은 뉴먼 사망 129주년이 되는 때다. 일생 양심을 준칙으로 삼아 두려움 없이 나아가며 원자화된 개인주의 사회, 세속화된 문명사회를 향해 믿음을 역설하고 증명한 것이 그의 공적에 들었을 것이다.

〈버밍엄 오라토리오 수도회에 모신 뉴먼 사당〉

『제론시오의 꿈』의 탄생

뉴먼은 1865년 『제론시오의 꿈』을 발표한다. 『제론시오의 꿈』을 제외하면 뉴먼의 시 대부분은 옥스퍼드 운동 당시에 발표되었다. 그러나 뉴먼의 시 경향을 예측할 수 있는 시 비평론은 그보다 일찍 발표되었다. 1829년 『런던 리뷰*London Review*』에 게재한 『아리스토텔레스와 연관해서 본, 시학*Poetry, with reference to Aristotle's Poetics*』이 그것이다. 제목은 아리스토텔레스의 『시학』을 주로 분석한 것처럼 보이지만 실제로는 고대부터 신고전주의와 낭만주의에 이르기까지 대표적인 시인과 작품을 두루 언급하고 있다. 출판본이 약 35쪽에 불과할 만큼 짧은 글이지만 역사적 의의는 상당하다. 우선 젊은 시절 뉴먼의 해박함, 날카로운 비평 논조, 주장을 펼쳐 나가는 빼어난 글솜씨를 확인할 수 있다. 이보다 더 중요한 가치는 이 짧은 글이 옥스퍼드 운동의 시 경향을 최초로 제시했다는 점이다. 이는 던과 허버트 이후 단절된 영국 종교시의 전통이 다시 시작됨을 알리는 것이다.

1820년대는 영문학에서 낭만주의 후기에 해당한다. 이 시기를 대표하는 셸리Percy Bysshe Shelley는 공공연히 무신론을 주장했고, 키츠John Keats는 매우 회의주의적이어서 “모든 종교와 신화는 순수한 인간적 현상, 즉 진실과 거짓의 문제가 아니라, 인간의 삶에 의미를 주는 많은 시도” 중의 하나라고 보았다.[163] 뉴먼의 글은 이 같은 경향에 정면으로 반대했다. 그에게 “시는 세상의 아름다움에 힘을 불어넣는 창조성이며 은총, 순수함, 제련됨 그리고 선한 감정에서 비롯되는 창조성”이다.[164] 따라서 시는 “올바른 도덕적 인식”과 신앙적 진실과 분리되지 않으며, 감정의 고양을 통해 신앙심을 고취하는 데 가장 효과적인 예술 형태이다. 이런 생각 때문에 옥스퍼드 운동에 투신했을 때도 시 운동을 열성적으로 전개한다.

로마가톨릭으로 개종한 후 뉴먼은 시를 거의 쓰지 않는다. 현실적으로 시를 쓸 만큼 시간적 여유가 없었으니 쓰지 못했다는 말도 가능하다. 1845년 개종한 다음 해 옥스퍼드를 떠나 1847년 로마에서 사제 서품을 받는다. 지금보다 사제서품이 쉬웠기 때문이 아니라, 뉴먼이 서품에 필요한 철학적, 신학적 지식을 이미 갖추었고 교육과정도 충분히 이수했기 때문이다. 영국에 돌아

온 뉴먼은 1848년 2월 버밍엄Birmingham에 세인트 필립 네리 수도회The Oratory of St Philip Neri를 설립한다. 수도회 설립 초창기에는 상당한 어려움이 있었다. 자금은 늘 부족했고, 처리해야 할 사무적인 일들도 많았다. 1851년부터 약 8년간은 더블린을 오가며 아일랜드 가톨릭 대학을 맡아 옥스퍼드 대학 못지않은 지식인의 요람으로 키우기 위해 최선을 다했다. 이 와중에도 뉴먼은 거의 매해 신학이나 교육 관련 책들을 출판했다. 시를 쓰는 일은 중요도와 긴급성에서 밀릴 수밖에 없었다.

그런 뉴먼이 시를 다시 썼다는 것은 시를 통해서만 할 수 있는 이야기가 생겼다는 말이다. 산문은 이성적 사유를 요구하지만 시는 상상력을 자극해 공감을 끌어내는 문학 형태이다. 갑자기 산문에서 시로 전환하는 것은 뉴먼이 개종 후 줄곧 유지해 온 저술 경향에서 벗어나는 일이다. '갑자기 왜?'라는 질문이 나올 수밖에 없다.

정확한 대답을 얻기 위해서는 1864년 킹즐리Charles Kingsley와의 논쟁으로 거슬러 올라가야 한다. 킹즐리는 국교회에서도 자유주의 성향이 가장 강했던 광교회파 사제로 국교회 내의 자유주의파the Latitudinarian를 대표하는 인물이다. 그의 사상이 얼마나 개방적이었는가는 영국의 모든 성직자 가운데 다윈의 진화

론을 처음 지지한 것으로도 충분히 짐작된다.[165] 뛰어난 강론 실력으로 대중적 인기도 높았고, 1863년 발표한 어린이용 판타지 소설 『물의 아이들, 지상 소년을 위한 동화*The Water-Babies, A Fairy Tale for a Land Baby*』가 대단히 성공해 문학가로서의 명성도 높았다. 그런 사람이 프라우드James Anthony Froude의 『영국 역사*History of England*』라는 책의 비평문을 기고하면서 뜬금없이, 민망하리만치, 심하게 뉴먼을 공격한다. 프라우드의 형 리처드Richard Hurrell가 옥스퍼드 운동의 리더였다는 이유였다.

> 로마 사제에게 진실 그 자체가 미덕이었던 적은 없었다. 뉴먼 신부가 우리에게 진실이 미덕일 필요도 없으며 대체로 미덕이 아니어야 한다고 알려 주었다. 그 교활함은 결혼하고, 결혼으로 부여되는 고약한 세계 속의 야수적 남성의 힘을 견디라고, 천국에서 성인들에게 준 것이다. 그의 관념이 교리에 맞든 틀리든 간에 최소한 역사적으로 그렇다.[166]

사실 개종 직후 뉴먼은 국교회에 충성하는 사람들로부터 셀 수도 없이 많은 비난을 받았다. 옥스퍼드 운동 중에 했던 모든 말과 행동은 의심받고 헤집어졌다. 뉴먼은 그 모든 것을 조용히 감수했다. 킹즐리의 조롱 어린 비난이 새삼 특별히 더 따가울 이유는 없었다.

그런데도 뉴먼은 킹즐리의 비난을 가볍게 넘기지 않았다. 개종한 지 20년이 지났고, 그 사이 뉴먼은 영국 일반 대중의 관심에서 어느 정도 멀어졌다. 대신에 로마가톨릭 사제로서 한 수도회를 이끌고 교육기관을 운영하는 지도자가 되었다. 누군가 뉴먼을 예로 들어 로마가톨릭 사제 전체를 비난한다면 그건 뉴먼 개인이 아니라 로마가톨릭 전체에 대한 비난이 되었다. 뉴먼이 걸어온 여정이 의심스럽다는 주장과 '로마가톨릭 사제 전부가 진실하지 않다, 혹은 로마가톨릭 교리가 거짓이다'라는 주장은 다른 차원이었다. 뉴먼은 이전과 달리 잠자코 넘어갈 수가 없었다. 일단 대응을 시작하면 자신이 선택하고 자신을 받아 준 교회를 위해 반드시 승리해야만 했다. 목표를 정한 뉴먼은 관대하지 않았다. 매우 치밀했고 전략적으로 그 문제를 처리했다.

킹즐리의 최초의 공격이 누구나 볼 수 있는 출판물을 통해 이루어졌기에 뉴먼도 같은 방법으로 대응한다. 이후 뉴먼과 킹즐리 사이에 오간 지면 논쟁은 빅토리아시대 전체를 통틀어도 비슷한 예를 찾기 어려울 만큼 열렬한 관심을 불러 모았다. 대중의 관심이 얼마나 뜨거웠는가는 이들의 논쟁이 동시대 정기간

행물들의 인기 있는 만평 주제였다는 말에서도 짐작할 수 있다.[167] 뉴먼의 삶은 다시 영국 전체의 관심사가 되었다. 뉴먼은 이것을 자신의 진실함, 선택의 불가피함, 그리고 로마가톨릭의 순수함에 대해 이야기할 기회로 삼았다.

뉴먼은 빠른 입장표명을 위해 팸플릿에 이야기를 담아 매주 펴냈다. 4월 첫 번째 팸플릿을 출판한 후 매주 목요일 6번을 연속해서 더 출판하고, 2주 후에 부록을 출판했다.[168] 『나의 삶을 위한 변론』은 이 팸플릿들을 묶어 출판한 것이다. 뉴먼의 전략은 대성공이었다. 팸플릿은 매주 발매되어 다음 호에 대한 기대감을 높였다. 발매된 팸플릿은 다음 호가 발매될 때까지 입소문을 타면서 더 많은 사람에게 전달되었다. 팸플릿을 기다리는 사람이 점점 더 많아지고 대중은 각 진영을 대표하는 종교 인사들의 논쟁이 어떻게 끝날지 흥미진진하게 지켜보았다. 대중들의 관심을 끌어모은 채 뉴먼은 "성경 읽기에서 커다란 기쁨"을 느끼던 어린 시절부터 온 영국이 국가적 배신이라고 비난했던 로마로의 개종까지 자신의 마음속에 지나갔던 종교적 생각들을 솔직하고 담담하게 이야기한다.

뉴먼은 19세기 영국 산문 작가 중에서도 손꼽힐 만큼 글솜씨가 빼어나다. 긴 일생이었던 만큼 다작으로도 유명하다. 그 가운데 백미가 『나의 삶을 위한 변론』이라는 데 이견이 없다. 뉴먼이 쓴 것 중에서 가장 유명하고, 가장 개인적이고, 가장 솔직하다. 진솔하게 내면을 드러낸 뉴먼의 글은 사람의 마음을 사로잡았다. 사람들은 뉴먼의 변화를 이해하게 되었다. 뉴먼이 의심의 시대를 넘어 진실한 믿음의 상태에 이르렀다고 설득되었다. 이제 뉴먼은 외롭고 고통스러운 영적 순례를 마친 영적 선지자가 되었다.

> 가톨릭 신도가 된 그때 이후, 나는 설명해야 하는 종교적 관념의 변화를 더는 갖고 있지 않다. 이리 말한다고, 나의 마음이 게으르거나, 신학적 문제에 대해 생각하는 것을 포기했다는 의미가 아니다. 무엇이든 간에, 내게는 기록할 만한 변화가 없고, 내 마음에는 어떤 불안도 없다. 나는 완벽한 평화와 안락함 속에 있다. 조금의 의심도 없으며, 나 스스로에 대해, 나의 개종에 대해, 내 마음속에 지나왔던 지적, 혹은 도덕적 변천에 대해 조금도 의식하지 않게 되었다.[169]

이 글을 읽는 누구라도 뉴먼이 지금 완벽하게 평화로운 상태에 들었다고 생각할 것이다. 뉴먼에게 완벽하게 평화로운 상태를 제공한 곳이 로마가톨릭이라고 인정하게 될 것이다.

흔히 빅토리아시대를 자의식 과잉의 시대라고 말한다. 개인주의적 사고방식이 유행하고, 합리적 의심이 세련된 지식인의 태도로 보이는 시대였다. 시대정신은 끊임없이 고유하고 독립적인 주체로서 세계를 새롭게 이해하라고 재촉했다. 많은 지식인이 혼란스러운 상태에서 자기 규명을 위해 애썼다. 많은 19세기 예술 작품은 스스로 자아를 발견하려는 시도와 다름없었다.[170] 문학에서는 자서전이나 자서전 형식의 이야기가 많아졌다. 그중에서 『나의 삶을 위한 변론』이 오늘날까지 최고라고 불린다. 뉴먼은 『나의 삶을 위한 변론』을 통해 과거의 삶을 규명하고 현재의 자아를 긍정하는 데 성공했다. 자신이 거쳐 온 모든 종교적 변화를 영적 순례의 길로 만들었고, 최종적으로 선택한 로마가 그에게 가장 강력한 안식처라고 인식하게 만들었다. 로마가톨릭을 터부시하던 사람들의 마음을 돌렸고, 로마가톨릭에 여전히 거부감을 느끼는 사람들도 뉴먼의 진실만큼은 의심하지 않게 만들었다. 동시대의 수많은 젊은이가 『나의 삶을 위한 변론』에 감화되어 로마가톨릭으로 개종했다. 뉴먼과 『나의 삶을 위한 변론』은 19세기 중후반 영국에 불었던 로마가톨릭 부흥을 이끄는 횃불이었다.

『제론시오의 꿈』은 그 이듬해 1월에 완성되었다. 뉴먼은 버밍엄에 자리 잡은 이후 교회의 특별한 날을 기념하는 행사용 시 정도를 간간이 써 왔다.[171] 그랬던 뉴먼이 갑자기 900행의 장편 극시『제론시오의 꿈』을 발표한 것이다. 뉴먼은 시를 쓰게 된 동기를 다음과 같이 회고한다.

> 지난 1865년 1월 7일, 이것을 써야겠다는 마음이 생겼지만, 정말로 어떻게 그런 마음이 생겼는지 모른다. 나는 몇 장의 종이 위에 그것이 완성될 때까지 계속해서 썼다.[172]

뉴먼 스스로 주체하기 어려운 창조적 영감이『제론시오의 꿈』을 완성하도록 휘몰아쳤다.

일반적으로『제론시오의 꿈』은 뉴먼이 동료 신부의 죽음을 기리기 위해 완성한 것이라고 말한다. 뉴먼이『제론시오의 꿈』에 붙인 헌사에도 그 같이 적혀 있다.

> 1865년 위령의 날에 안식의 장소에 든 가장 사랑하는 형제이자, 세인트 필립 드 네리 수도회 수도사제 존 조셉 고든의 영혼을 기리며.[173]

고든 신부F. John Joseph Gordon는 둘 사이에 주고받은 편지가 남아 있을 만큼 뉴먼과 각별한 사이였다.[174] 뉴먼은 20대 초반에 사제가 되었다. 그간 병자성사나 수도원 삶을 통해서 수많은 죽음을 목격해 왔다. 그럼에도 죽음은 쉽게 무덤덤해지는 일이 아니다. 더구나 노년에 친밀한 동료 하나를 더 잃는 것은 상실감 이상의 충격일 것이다.

그러나 시기적으로 볼 때 고든 신부의 죽음과 『제론시오의 꿈』이 직접 연결되지는 않는다. 고든 신부는 1853년에 사망했고,[175] 『제론시오의 꿈』은 1865년 1월 7일 시작해 오래 걸리지 않아 완성되었다. 그리고 고든 신부에게 이 시를 헌정한 위령의 날은 같은 해 11월이다. 다시 말해 『제론시오의 꿈』과 고든 신부의 죽음 사이에는 12년 가까운 시간 차가 있고, 시의 완성과 헌정까지도 10개월 가까운 시간 차이가 있다. 고든 신부의 죽음이 뉴먼의 마음속에 오래도록 남아 있던 것은 분명하나, 『제론시오의 꿈』을 완성하도록 만들었던 광풍과도 같은 영감의 유일한 요인이라고 하기에는 다소 어폐가 있다.

이런 상황에서 바로 전 해에 발표한 『나의 삶을 위한 변론』은 『제론시오의 꿈』의 창조적 영감에 영향을 준 또 다른, 충분히 가능성 있는 요인이 된다. 뉴먼조차도 『나의 삶을 위한 변론』의 대성공을 예측하지는 못했을 것이다. 그는 또다시 영국에서 가장 주목받는 영적 지도자가 되었다. 이를 통해 자신의 변화가 옳았음을 설득하는 데 성공했으며 로마가톨릭이 완벽한 평화와 안식의 장소임을 알렸다. 뉴먼은 자신에게로 향한 대중의 관심을 계속 이어 나가고자 한다. 자신의 세속적 명예를 위해서가 아니라 로마가톨릭을 위해서, 편견에 시달리는 영국 내 로마가톨릭 사제 전체를 위해서였다.

『제론시오의 꿈』은 시로 된 『나의 삶을 위한 변론』이자 『나의 삶을 위한 변론』에서 다 못한 이야기의 후속편이다. 두 작품 사이에 차이가 있다면, 『나의 삶을 위한 변론』은 상세하고 솔직한 설명으로 대중을 설득하고, 『제론시오의 꿈』은 상상력을 자극하고 감수성을 불러일으켜 대중의 공감을 얻는다는 것이다. 『나의 삶을 위한 변론』이 뉴먼의 과거에 타당성을 부여한다면, 『제론시오의 꿈』은 뉴먼이 로마가톨릭에서 얻은 미래 비전을 보여준다. 두 작품을 합치면, 뉴먼의 현재는 안온하고 로마가톨릭이 그것을 가능하게 해 주었으며, 그로 인해 미래에 구원이라는 영원한 운명을 얻었다는 이야기가 완성된다.

『제론시오의 꿈』은 사제를 주인공으로 설정하지 않았지만 누가 보아도 사제 뉴먼을 떠올리게 한다. 모든 사람은 죽는다. 그래서 누구나 한 번쯤은 자신에게 반드시 닥쳐올 그것에 대해 생각해 본다. 죽음이 끝이 아니라고 믿는 사람은 그 후에 대해 궁금증을 갖거나 두려움을 느끼기 마련이다. 뉴먼은 『제론시오의 꿈』을 통해 자신도 같은 경험을 한다고 말한다. 뉴먼이 『제론시오의 꿈』에서 제시한 안식과 영원에 대한 약속이 설득력 있는 이유는 자신도 여느 사람과 다름없이 나약한 순간이 있었음을, 그 나약한 순간을 넘어 진실에 이르렀음을 솔직하게 보여 주기 때문이다. 『제론시오의 꿈』은 19세기 종교 문학이 주는 크나큰 위안이자, 뉴먼의 "시인으로서의 위치가 어느 정도인지를 가늠하게 만드는 뉴먼 시 중의 백미"[176]이다.

〈더블린 뉴먼 대학 교회에 모신 뉴먼 석고상〉

『제론시오의 꿈』 따라 읽기

『제론시오의 꿈』은 900행에 이르는 긴 시로 극시dramatic Poetry 형태를 취하고 있다. 전체 7장으로 구성되어 있으며 등장인물들이 마치 연극 대사를 주고받듯이 이야기를 나눈다. 900행은 한 편의 시로는 길지만 극시에서는 긴 편이 아니다. 극시는 등장인물이 여럿이고 이야기가 조밀하게 펼쳐지기 때문에 대부분 길이가 길고 스케일도 크다. 이런 극시에 익숙했던 독자들에게 『제론시오의 꿈』은 너무 짧게 느껴진다. 뉴먼의 동료도 같은 지적을 했었던 듯하다. 그 동료에게 뉴먼은 아래와 같이 답한다.

당신의 친절한 편지에 매우 감사합니다. 그러나 꿈에 봤었다는 그 이야기의 모든 것을 단 한 번의 꿈에서 보았다고 생각하신다면, 저를 너무 과대평가하는 겁니다. 전 제가 본 것을 썼습니다. 영성이 높은 많은 작가들이 다양한 측면에서 그것을 보았습니다. 저는 그분들의 책과 패턴을 따르면서 마치 잠든 이에게 그것이 찾아온 것처럼 꿈으로 담았습니다. 잠자던 이가 더 이상 꿈꾸지 않는다면, 그건 제 탓이 아닙니다. 아마도 무언가 그를 깨웠겠지요. 꿈은 일반적으로 단편적이잖습니까. 저는 더 할 말이 없었습니다.[177]

뉴먼은 꿈에서 본 비전을 시로 옮겼다. 한 번의 꿈이 아니라 여러 번의 꿈에서 보았던 장면들에 상상력을 더해 하나의 이야기로 구성했다. 위대한 선배 작가들의 작품도 참고했다. 뉴먼은 창조적인 예술가이자 교회의 역사와 전통을 존중하는 신학자였다.[178]

독자로서는 작품을 읽는 즐거움을 더 오래 누리고 싶은 마음에 아쉬움을 느낄 수도 있다. 좀 더 자세하고 긴 설명이 제시되기를 바랄 수도 있다. 그러나 이야기가 더 길게 펼쳐졌다면 독자가 상상력을 펼치며 이야기에 주체적으로 몰입할 수 있는 여지는 줄어들었을 것이다. 뉴먼이 더 이상 할 이야기가 없었다고 말하는 것은 완성된 작품에 작가 스스로 만족했다는 말이다.

『제론시오의 꿈』의 줄거리는 간단하다. 죽음을 맞는 늙은 제론시오가 천사의 수호를 받으며 천국에 들기 전까지의 과정을 그리고 있다. 여기까지는 우리가 익히 알고 있는 단테Dante Alighieri의 『신곡*Divina Commedia*』을 떠올리게 하지만 자세히 들여다보면 다른 부분이 많다. 『신곡』의 순례자는 잠들었다 깬 후 "어두운 숲"에 들어와 있는 자신을 발견한다.[179] 이어서 지옥에서부터 연옥을 거쳐 천국까지의 여정을 펼친다. 수많은 인물을 만나며 죄와 벌 그리고 구원을 목격하지만, 순례자의 안전은 보장되어 있었다. 때때로 두려움을 느끼지만 그건 목격한 사실의 가공함에서 비롯되는 공포일 뿐이다. 그는 자신의 존재 자체가 보호받고 있으며 현세로 돌아가게 된다는 것을 알고 있다. 그러니 단테의 순례자는 목격자에 가깝다.

반면에 뉴먼의 제론시오는 자신이 꿈속에 있다는 것을 모른다. 독자도 『제론시오의 꿈』이 끝나기 전까지 모든 이야기가 꿈이었음을 알아채기 어렵다. 이처럼 제론시오는 죽음 이후의 세계를 관찰하는 자가 아니라 생생하게 경험하는 자이다. 죽음 직전의 두려움, 간절한 기도, 죽음 이후의 변화까지 직접 체험한다. 그는 두려워하고 불안해한다. 겁먹고, 의심하고, 그 의심을 넘어서, 확신하고, 결심에 이른다. 제론시오는 그 세계에서 하나의 주체로 실재한다. 덕분에 독자는 두려움에 떠는 제론시오에게 공감하고 제론시오가 얻은 구원의 약속에 함께 안도한다.

죽음 후 사심판을 믿는 사람 중 어느 누구도 자신이 그곳에서 어떤 판결을 받게 될지 진실로 확신하지 못한다. 뉴먼이 수많은 이름 중에서 하필 제론시오를 주인공의 이름으로 선택한 이유도 이 때문이다. 로마가톨릭 성인 명부에 제론시오란 이름을 쓰는 성자가 둘이 있다.[180] 그러나 『제론시오의 꿈』을 이해하기 위해서 교회 역사에 길이 남은 두 성자의 삶을 돌아볼 필요는 없다. 뉴먼은 제론시오가 특별할 것 없는 보통 사람으로 보이기를 원한다. 이 사실은 제론시오의 어원에서 어렵지 않게 추론할 수 있다. 제론시오는 '노인'을 뜻하는 그리스어 제론γερων에서 유래한 라틴어이다. 뉴먼의 제론시오는 늙어 어느 날 침상 위에서 죽음을 맞게 된 그저 보통 사람이다. 뉴먼을 포함해 모든 독자가 바로 제론시오이다.

제1장은 제론시오가 죽기까지의 과정이다. 제론시오는 자신의 죽음을 지켜보는 신부와 친구들에 둘러싸여 있다. 죽음이 제론시오에게 한 걸음 한 걸음 다가온다. 죽음은 마치 살아 움직이는 악령과 같이 움직인다. 다가오는 죽음은 반갑잖은 손님, 이제껏 한 번도 맞아 본 적 없는 손님과 같다. 제론시오는 생전 처음 겪는 이 일이 두렵기만 하다. 그럼에도 제론시오가 가엾기만 한 것은 아니다. 신부가 그의 영혼을 보살펴 달라고 간절하게 기도하고 있고, 동료들도 신부의 기도에 맞추어 함께 기도하

고 있기 때문이다.

신부의 노래를 포함해 제1장의 대부분은 가톨릭 전례에서 문구를 그대로 가져온 것이다. 가톨릭 신자라면 익숙한 시행이 많을 것이다. 신부는 죽어 가는 제론시오의 영혼을 위해 병자성사를 집전하고 있다.[181] 제론시오에게 죽음이 임박했음을 알 수 있다. 제론시오의 영혼을 선한 길로 보내려는 신부의 기도는 제론시오에게 힘이 될 것이다. 동료들의 기도도 제론시오가 운명의 길을 지나는 동안 위로가 되어 줄 것이다. 그런데도 제론시오는 그저 보통 사람이기에 한 번도 가 본 적 없는 그 길 앞에서 두려움을 떨칠 수가 없다. 제론시오는 마지막 힘을 짜내어 그리스도와 성모를 부른다. 악의 힘으로부터 자신을 보호하고 선한 운명으로 이끌어 달라고 간청한다.

제2장은 육체를 막 벗어난 제론시오의 영혼이 겪는 혼란이 사실적으로 묘사된다. 뉴먼의 문학적 상상력이 가장 잘 드러나는 곳이다. 죽음 직후 제론시오는 신체와 영혼이 곧바로 분리된다. 아직 서로 멀리 떨어져 있지는 않다. 제론시오의 영혼은 신부의 기도와 친구들의 탄식을 들을 수 있다. 시간이 지나면서 그의 영혼은 신체에서 멀어져 간다. 신부와 친구들의 기도 소리도

잦아든다. 그의 영혼은 더 깊은 적막을 향해 이동하며 스스로가 영혼임을 느낌으로 안다. 그럼에도 살아 있는 동안 신체 감각기관을 통해 외부를 인식하는 것에 너무도 익숙했기 때문에 여전히 신체가 있는 것처럼 느낀다.

영혼은 빛보다 빨리 무한의 세계로 날아간다. 동시에 영혼은 자신을 감싸는 온화한 힘을 느낀다. 그 힘은 수호천사로부터 온다. 수호천사는 제론시오가 태어나는 그 순간 그의 곁으로 내려왔다. 제론시오의 영혼이 천국으로 향할 수 있도록 돌보라는 하느님의 명령을 수행하기 위해서다. 그래서 천사는 제론시오가 살아 있는 내내 그의 영혼이 죄로 물들지 않도록 곁에서 애써왔다. 영혼은 이제야 천사의 존재를 깨닫는다. 천사는 영혼의 일생을 곁에서 수호했기에 높은 품계의 천사보다 더 깊이 사랑한다고 말한다. 영혼은 자신에게 수호천사의 보살핌이 있었음을 알게 되고, 그것이 하느님의 계획임도 깨닫는다. 그로 인해 제론시오의 영혼은 두려움이 가시는 것을 느낀다.

제3장은 영혼과 천사의 대화이다. 천사를 알아본 영혼이 먼저 인사를 건넨다. 영혼은 언제쯤 주님을 뵐 수 있을지에 대해 질문한다. 그리스도교에서 “모든 사람은 죽자마자 그 불멸의 영혼

이 산 이와 죽은 이의 심판자이신 그리스도의 사심판으로 영원을 갚음 받는다"라고 알려져 있다.[182] 제론시오도 인간계에 머물 때 그렇게 배웠다. 그러나 영혼은 계속해서 무한의 세계를 건너고 있다. 어떤 이유로 신을 만나는 것이 지연되거나 신을 만나지 못하는지 궁금해한다. 천사는 제론시오에게 영혼의 세계와 물질의 세계는 다르다고 설명해 준다. 천사의 설명은 줄곧 친절하다. 영혼은 영겁을 지나온 것처럼 느끼지만 실제로는 신부의 기도가 채 끝나지도 않았다.

영혼은 스스로가 사심판을 두려워하지 않고 있음을 알게 된다. 살아 있는 동안에는 그토록 두려워했던 것을 지금은 왜 평화로운 마음과 즐거움으로 기다리게 되었는지 믿기지 않는다. 천사는 영혼에게 그리스도의 사심판이 이미 시작되었다고, 영혼의 내부에서 피어오르는 고요함과 즐거움은 제론시오가 살아생전 영위했던 진실한 믿음에 대한 보상이라고 알려 준다.

제4장에서는 '악마들'이 등장한다. 악마들은 천국에 들게 될 제론시오의 영혼을 타락시키려 한다. 영혼은 악마들의 속삭임을 듣고는 겁에 질린다. 천사는 그것들이 영혼을 제 편으로 끌어 하느님의 반대편에 서게 하려는 악마들이라고 설명해 준다.

영혼은 천사의 가르침에 의해 두려움을 씻고 악마를 분별해 낸다. 그럼에도 악마는 멈추지 않고 예수로 인해 인간이 구원받았음을 조롱한다. 하느님이 폭군처럼 악마들의 정당한 권리를 박탈했다고 비난하고, 인간은 거짓 찬양과 굴종의 삶을 산다고 비아냥거린다. 천사는 인간이 원죄로 인해 악마가 쉽게 감각을 뚫고 들어오게 했다고, 이를 피하기 위해서는 악마를 순수하고 올곧게 대면해야 한다고 알려 준다. 천사의 도움을 받는 영혼은 악마들이 한낱 거짓된 망령임을 쉽게 알아챈다. 그러자 악마는 조용히 사라진다.

영혼은 한시라도 빨리 하느님을 만나기를 열망한다. 신체가 없는 영혼은 눈이 없는데 어떻게 하느님을 뵐지도 걱정이다. 천사는 영혼이 신체적 감각의 세계가 아니라 거룩하고 진실한 상징의 세계에 들어왔다고 알려 준다. 이제 영혼은 신체로 감각하지 않는다. 영혼이 마치 감각하는 것처럼 느끼는 것은 외부의 모든 것으로부터 차단되어 절대고독이라는 슬픔에 빠지지 않도록 거룩한 은총이 배려해 주었기 때문이다. 영혼이 하느님을 뵙게 되는 그 순간 잃었던 모든 것이 그에게 새롭게 주어질 것이다. 그때까지 영혼의 연옥은 계속해서 짙은 어둠일 것이다. 주님께 온전히 선택받아야 눈이 뜨일 것이라는 말에 영혼은 또다시 두려워진다. 천사는 주님이 주신 영육을 관통하는 고통을 경험한 후 천국에 들어간 선지자에 대해 들려주며 영혼을 안심시킨다.

제5장은 천사단의 합창이 대부분을 이룬다. 천사단의 합창은 총 다섯 번 있고, '천사단의 세 번째 합창'과 네 번째 합창 사이에 한 번의 '거룩한 계단을 지키는 천사들'의 합창이 있다. 수호천사도 여전히 제론시오의 곁을 지킨다. 영혼은 천사와 천사대의 합창으로 둘러싸여 있는 셈이다. '천사단의 첫 번째 합창'은 하느님께서 인간을 위해 예수 그리스도를 보낸 위업을 찬양한다. 첫 번째 천사단의 합창과 함께 영혼은 심판의 집에 들었음을 알게 된다. 심판의 집은 육신이 머물던 물질세계와 달리 작은 부분까지도 모두 거룩하고 축복받은 생명으로 구성되어 있다. '천사단의 두 번째 합창'은 타락으로 죄인이 된 인간이 인내와 믿음으로 단련되도록 기다려 주신 하느님의 위업을 찬양한다. '천사단의 세 번째 합창'은 예수 탄생으로 사람에게 구원의 가능성을 제시해 준 하느님의 진실하고 공의로운 통치를 찬양한다.

세 번째 합창이 끝난 후 제론시오는 하느님을 직관하면 벌어질 일에 대해 질문한다. 천사는 심오하고 신비한 경험에 대해 설명하기 시작한다. 그에 따르면 영혼은 하느님을 직관하는 순간 강렬하고 신비한 고통을 경험하게 될 것이다. 그것은 고통이자 치유이며, 괴로우나 더 갈망하게 되는 이중의 고통이다. 영혼은 하느님의 얼굴을 보는 순간 커다란 죄의식으로 고통받지만, 하느님의 현존 속에서 살고자 하는 갈망이 더 강하기에 그 고통을 감내하게 될 것이다. 영혼은 천사의 설명을 듣고 신과의 신비롭고 장엄한 만남을 더욱 기대하게 된다.

그동안 영혼은 하느님을 직관할 수 있는 심판장의 계단 아래에 도착한다. 그곳에는 '거룩한 계단을 지키는 천사들'이 하느님을 찬양하고 있다. 그 장엄한 울림에 의해 하느님의 심판장에 다다랐다고 실감하는 순간, '천사단의 네 번째 합창'이 하느님의 과분한 사랑에도 최고의 장원을 지키지 못하고 실족한 인간에 대해 노래한다. '천사단의 다섯 번째 합창'은 그러한 인간의 죄를 대속하기 위해 죽음의 형벌을 감내하고 인간으로 오신 예수님의 큰 사랑을 찬양한다.

제6장은 모든 두려움과 의심을 떨쳐 내고 하느님 앞에 서기를 바라는 영혼의 열망을 노래한다. 영혼이 하느님의 현존 속에 들어왔음에도 제론시오의 육신을 지키며 기도하는 신부와 동료들

의 목소리가 들린다. 영혼과 천사가 지나온 거리는 무한이지만 동시에 지척이며, 지나온 시간은 영원이지만 동시에 찰나이다. 하느님의 현존 세계가 영원을 지나는 시공간과 우리가 있는 현실 세계 모두를 덮고 있음이다. 천사는 주님 곁에서 고통의 대천사가 영혼을 대신해서 구원을 간청해 줄 것이라고 알려 준다. 영혼은 안심하고 하느님께 자신을 어서 데려가라 간청한다. 천사는 하느님의 강력한 신성 앞에서 두려움에 떨게 될 영혼을 보살펴 주라 간청한다. 제론시오의 영혼은 마침내 모든 두려움을 떨치고 연옥에 들기를 결정한다. 연옥은 영혼이 정화되고 성숙하는 장소이자 시간이다. 빛도 없는 그곳에서의 시간이 외롭고 고독하리라는 것을 잘 알지만, 그 뒤에 찾아올 행복과 평화를 믿는다. 영혼은 두려움이 아니라 희망에 차 있다.

제7장은 연옥에서의 영혼에 대해 묘사하고 있다. 천사는 '연옥을 지키는 천사들'에게 연옥의 문을 열어 자신이 이제껏 보살펴 온 소중한 영혼을 기쁘게 맞아들이라 청한다. 이제 영혼은 그곳에서 모든 굴레와 상실을 벗을 것이다. 영혼이 모든 껍데기를 벗고 알곡이 되었을 때 천사는 영혼을 맞아 빛의 법정인 주님의 심판장으로 데려갈 것이다. 연옥에는 이미 많은 영혼이 유

일한 평화와 안식을 찾아 빛의 심판장에 서기를 기다리고 있다. 영혼도 연옥의 문을 들어선다.

이제껏 영혼의 수호자이며 동반자였던 천사는 영혼과 작별한다. 천사는 연옥에도 영혼을 보살펴 줄 천사들이 있으며 하느님 앞에서도 영혼을 도와줄 존재들이 있다고 알려 준다. 그리고 연옥 문 앞에서의 작별은 영원한 것이 아니며 연옥에서의 밤은 빠르게 지나갈 것이라고 안심시킨다. 영혼은 완벽한 고독 속에서 마음의 진정한 평화를 찾고, 진실한 믿음과 깊은 확신으로 신이 마련한 계획에 따라 죄와 속박과 두려움에서 완전히 벗어나게 될 것이다. 그런 후 아침이 밝으면 영혼은 하느님의 현존이 빛나는 빛의 세계에 있게 될 것이다.

마지막에 천사는 한 마디를 덧붙인다. "내가 아침에 그대를 깨우러 오리라." 제론시오는 이제껏 꿈을 꾸었다. 꿈에서 깬 제론시오는 무슨 생각을 할까. 상상은 독자의 몫이다.

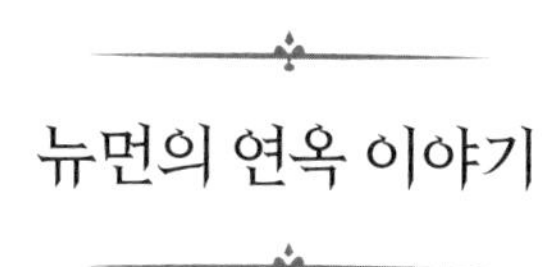

뉴먼의 연옥 이야기

연옥은 뉴먼에게 매우 민감한 주제이다. 1840년에 뉴먼은 『소책자 79번. 연옥에 관하여』을 발표하면서 연옥을 본격적으로 다루었다. 그리고 연옥을 "모든 그리스도교인이 마지막 날에 반드시 지나야 할 불의 시련"[183]이라고 규정했다. 그가 증거로 제시한 문헌 기록에는 성경도 포함되었다. 이는 신교인 국교회가 성경을 믿는다면 연옥도 믿어야 한다는 말과 같았다. 뉴먼이 성공회 교리를 위반하고 있다거나 로마가톨릭 교리를 지지한다는 비난이 거셌다.

그리고 20년이 지났다. 그 사이 로마가톨릭에 대한 대중의 거부감이 줄어든 것도, 로마가톨릭의 위상이 변한 것도 아니다. 그런데도 뉴먼이 연옥을 전면에 내세운 『제론시오의 꿈』은 비난받지 않았다. 비난은커녕 열렬히 환영받았다. 가히 극적인 변화였다. 얼마나 이해하기 어려우면 도대체 "왜 존 헨리 뉴먼의 『제론시오의 꿈』이 빅토리아시대 독자들에게 그렇게 인기를 얻었는가?"[184]라는 질문으로 시작하는 논문이 있겠는가.

많은 사람이 로마 교리를 따랐다고 비난했지만, 사실 뉴먼이 『소책자 79번』에서 제시한 연옥 관념은 일반적으로 통용되던 로마가톨릭 관념이 아니다. 로마가톨릭은 연옥에 관한 신앙 교리를 피렌체 공의회(1438-1439)와 트리엔트 공의회(1545-1563)에서 확정했다.[185] 이때 연옥은 정화의 불이 있는 장소로 규정되었다. 불과 정화라는 이미지 때문에 이후 연옥은 자연스럽게 고통이라는 이미지와 연결되었다. 신학자 아퀴나스Thomas Aquinas도 연옥을 고통의 장소로 규정했다; "지옥에서 버림받은 자들을 괴롭히는 불과 연옥에서 의인들을 괴롭히는 불은 같은 불이다. 연옥에서의 가장 작은 고통도 금생에서 당하는 가장 큰 고통을 능가한다."[186] 단테의 연옥도 극심한 고통의 장소이다. 단테의 연옥에서 영혼은 자신이 저지른 죄에 합당한 벌을 받으며 "하느님의 올바른 벌이 내리시는 산"[187]을 오른다. 그 고통이 얼마나 극심한지 "채찍"이나 "철사"처럼 고문을 연상시키기도 한다.[188]

뉴먼의 연옥은 다르다. 연옥의 불Purgatory Ignis은 실제 불이 아니며, 고통의 불도 아니다.

우리는 불이라는 단어를 의미 그대로 한정해 추정하지 않

> 는다. 다시 말해, 그것은 단순하게 심판을 의미하는 비유적인 표현이 아니며, 우리가 짐작할 수 있는 범위를 넘어서는 어떤 것이다. 심판의 날이라는 단어가 신비로운 것처럼 의심할 여지 없이 불이라는 단어도 신비로운 것이다.[189]

뉴먼에게 연옥의 불은 신비이다. 마치 『제론시오의 꿈』의 영혼이 지복직관의 순간에 경험하게 될 복잡, 미묘한 신비적 경험과 같다. 그래서 뉴먼의 연옥은 단테의 정죄산에서 발견되는 단계, 사다리꼴 계층, 지형학적 특징을 가진 장소가 아니라, 존재의 상태이다.[190] 한 존재가 스스로의 존재성을 완전히 회복해 참되게 신을 만나고자 기다리는 상태이다. 처벌이 아니라 영혼이 진정한 확신을 향해 성숙해 가는 상태이다.

『소책자 79번』에 제시된 연옥 관념은 로마가톨릭으로 개종한 후에도 그대로 유지된다. 『나의 삶을 위한 변론』에서 "연옥의 불은 권위를 인정받은 널리 알려진 오류이며, 교리가 아니다"라는 말이 그 증거이다.[191] 『제론시오의 꿈』은 뉴먼이 고수해 온 연옥 관념이 문학 공간에서 펼쳐진 것이다. 천사는 처음부터 제론시오의 영혼이 사심판 전에 "빛 없는 불꽃"인 "그대의 연옥"에 들어갈 것이라고 말한다. 그리고 영혼은 오래도록 "나의 연옥을 고대"했다고 화답한다. 빛없는 불꽃은 진짜 불이 아니다. 뜨겁지도 밝지도 않다. 영혼은 완벽한 어둠 속에서 홀로 고립된다. 그런 고립을 기꺼이 선택하는 이유는 깊은 사색의 시간을 통해 내면을 성찰하고 진리에 더 가까워질 수 있기 때문이다. 그 끝에 지복직관이라는, 평생을 고대했던 가장 아름다운 순간이 기다리고 있기 때문이다.

『소책자 79번』에 제시된 뉴먼의 연옥 관념은 강렬한 반발을 불러왔지만 『제론시오의 꿈』은 같은 이야기를 했음에도 환영받았다. 사람들은 평범한 노인의 죽음이라는 상황에 공감하고 상상력을 더하면서 뉴먼의 새로운 연옥 이야기를 논란이 아니라 감동으로 받아들인다. 이것이 시의 힘이다. 뉴먼은 그 힘을 잘 알고 있었다.

빅토리아시대는 세속주의로 대표되지만 동시에 가장 종교적인 시대로도 불린다. 점점 더 세속적으로 변해 가는 세계에 대한 반작용으로 사회는 개개인에게 도덕적이고 종교적인 태도를 더욱 강요한다. 그로 인해 많은 사람이 내면의 죄의식으로 고통받게 된다. 『제론시오의 꿈』은 그런 사람들에게 너무 두려워하지 말라고 말해 준다. 당신이 죽은 후에 지금보다 더 성숙하고 진실한 존재가 될 기회가 마련되어 있다고, 무시무시한 고통이 아니라 고독한 사색이라는 지적이고 영적인 방법으로 그 기회를 누릴 것이라고, 당신의 신께서 당신을 많이 사랑하셔서 그렇게 미리 계획하셨다고 말해 준다. 이것이 그 시대 사람들에게 큰 위안이 되었다.

뉴먼의 『제론시오의 꿈』은 테니슨의 『인 메모리엄』과 함께 "죽음에 대해 위안을 주는 빅토리아시대 시 중에서 가장 널리 알려진, 가장 사랑받는 시"[192]라는 찬사를 누린다. 1888년까지 24번이나 재판하며 사랑받았다. 영국이 낳은 세계적인 작곡가 엘가 Edward Elgar는 『제론시오의 꿈』을 성가대합창곡으로 작곡해 전 세계에 뉴먼의 이름을 알렸다.

『제론시오의 꿈』이 사랑받던 때도 로마가톨릭은 영국에서 아웃사이더였다. 그럼에도 『제론시오의 꿈』이 성공한 것은 인간의 영혼을 위로하고 희망을 제시했기 때문이다. 현재 『가톨릭교회 교리서』는 연옥에 대해 "하느님의 은총과 사랑 안에서 죽었으나 완전히 정화되지 않는 사람들은 영원한 구원이 보장되기는 하지만, 하늘나라의 기쁨으로 들어가기에 필요한 거룩함을 얻기 위해 죽은 후에 정화를 거쳐야"[193] 하는 곳이라 설명한다. 그리고 정화는 "단죄받는 이들이 받는 벌과는 완전히 구별되는 것"이라고 설명한다. 뉴먼의 『제론시오의 꿈』은 오늘날 가톨릭 교리서에 설명된 연옥을 가장 쉽게 설명해 주는 문학 버전이다.

〈더블린 뉴먼 대학 교회〉

엘가의 성가대합창곡 「제론시오의 꿈」

엘가는 헨리 퍼셀Henry Purcell이후 세계적으로 가장 인정받은 영국인 작곡가이며,[194] 영국인 음악가 중에서 전 세계적 명성을 떨친 첫 번째 작곡가이다. 그런 엘가가 뉴먼의 『제론시오의 꿈』을 가져와 같은 제목의 성가대합창곡 「제론시오의 꿈*The Dream of Gerontius*」을 완성한다. 1900년의 일이다. 뉴먼이 시를 발표한 지 35년, 사망한 지 10년이 지난 시점이다. 엘가의 「제론시오의 꿈」은 뉴먼의 시가 대중적으로 얼마나 사랑받았는지를 보여 주는 또 하나의 증거이다.

일반적으로 성가대합창곡은 성경에 기록된 내용을 주제로 선택해, 그 주제에 대한 성구들을 모아 작곡한 합창곡을 말한다. 우리에게는 헨델의 「메시아*Messia*」, 하이든의 「천지창조*The Creation*」, 멘델스존의 「엘리야*Elijah*」 등이 친숙한 작품이다.[195] 엘가의 「제론시오의 꿈」은 이에 비하면 낯설지만 20세기 초반까지 큰 환영을 받으며 유럽까지 뉴먼의 명성을 실어 나른 작품이다.

엘가의 합창곡이 환영받았던 첫째 이유는 뭐니 뭐니 해도 작품 그 자체에 대한 기대와 예술적 완성도에 있다. 엘가는 명성이 높았고, 뉴먼의 『제론시오의 꿈』은 재판을 거듭하며 사랑받았다. 뉴먼의 시가 엘가의 성가대합창곡으로 탄생한다는 사실만으로도 기대가 높았다. 뉴먼이 풍부한 상상력으로 완성한 종교적 가사는 엘가의 장엄한 음악이 더해져 더욱 숭고해졌다. 기대를 넘어서는 만족감이 청중에게 주어졌다.

엘가가 「제론시오의 꿈」을 발표하던 당시 성가대합창은 대중적으로 상당히 인기 있는 문화 장르였다. 앞서 말했듯이 19세기 영국은 종교사회였다. 크리스천이 바람직한 인간형이었고, 크리스천 신앙을 실천하는 것이 중산층의 가장 큰 미덕이었다. 음악도 이런 분위기에서 예외가 아니었다. 여러 음악 장르 중에서 특히 성가대합창곡이 환영받았던 이유는 개개인의 신앙심과 공동체적 이상이 결합하는 거의 유일한 음악 장르였기 때문이다. 급기야 아마추어 합창단 운동과 수많은 음악 페스티벌이 성가대합창곡의 붐을 일으켰고 이런 흐름은 20세기 초반인 제1차 세계대전까지도 지속되었다.[196] 엘가의 「제론시오의 꿈」은 19세기 영국이 성가대합창곡에 쏟았던 열렬한 사랑의 정점에 있는 작품이다.

엘가가 뉴먼의 『제론시오의 꿈』을 언제 처음 접했는지는 확실치 않다. 엘가가 성가대합창곡으로 완성한 것은 1900년 8월이지만 적어도 1892년부터 합창곡으로 만들 수 있는 작품이라고 생각한 것 같다.[197] 뉴먼의 『제론시오의 꿈』은 출판된 후 꾸준히 사랑을 받아 왔지만 1885년 한 번 더 대중의 주목을 받는 사건이 생긴다. 영국에서 전쟁영웅으로 추앙받던 고든 장군General, Charles George Gordon이 1885년 사망한 후 그의 유품에서 뉴먼의 『제론시오의 꿈』이 나온 것이다.[198] 고든 장군은 뉴먼의 시에 매우 심취했던 듯 시집에 많은 표시를 남겼다. 고든 장군이 소장했던 시집은 버밍엄에 있던 뉴먼에게로 보내졌다. 그러나 고든 장군이 『제론시오의 꿈』을 읽으면서 밑줄을 치거나 표시해 둔 부분은 그대로 대중들에게 복사되듯이 전해졌다. 고든 장군에 대한 추모의 마음이 『제론시오의 꿈』에 더해졌다. 장군을 사랑했던 영국인들은 그들의 영웅이 『제론시오의 꿈』을 읽으며 깊이 위로받았다고 믿었다. 그들의 영웅이 제론시오처럼 영원한 평화의 세계에 들었으리라 희망했다. 『제론시오의 꿈』은 사랑하는 사람의 죽음을 애도하고 상실의 아픔을 위로하는 책으로서의 위상이 더욱 높아졌다.

엘가는 1887년 어머니가 세상을 떠난 후 유품에서 『제론시오의 꿈』을 발견한다. 고든 장군이 책에 남겼던 표시들을 그대로 따라 표시한 상태의 책이었다. 엘가는 그것을 당시 약혼녀였던 엘리스Alice에게 선물한다. 이 때문에 엘가는 결혼 후 자연스럽게 『제론시오의 꿈』을 더 접하게 된다. 고든 장군이 어떤 부분을 특히 마음에 담았는지도 알게 된다. 엘가는 『제론시오의 꿈』이 고든처럼 가톨릭이 아닌 사람에게도 감동을 주는 보편성을 갖고 있다는 확신에 이른다.

엘가의 부모는 로마가톨릭 신자였다. 로마가톨릭 집안에서 성장한 엘가에게 『제론시오의 꿈』에 담긴 연옥은 친숙한 관념이다. 그러나 신교 중심의 영국 사회에서 연옥은 금기 혹은 '미신 따위'에 불과했다. 그래서 엘가는 연옥이 아니라 죽음과 관련된 두려움과 위안에 더 무게를 두기로 한다. 로마가톨릭만 죽음에 앞서 두려움을 느끼거나, 사랑하는 이를 죽음으로 떠나보낸 후 위안이 필요한 건 아니기 때문이다.

문제는 로마가톨릭에 대한 반대 정서였다. 그가 『제론시오의 꿈』을 성가대합창곡으로 완성한다는 것은 결국 대중 앞에서 공연한다는 것이다. 공연과 관련된 결정권자들 대부분이 국교도였고, 공연을 즐기는 관중도 국교회 중심의 중산층일 가능성이

켰다. 혼자 연옥 이야기를 담은 시를 읽는 것과 많은 대중 앞에서 연옥 이야기를 공연하는 것은 다른 문제였다.

엘가는 가까운 친구에게 『제론시오의 꿈』에 대해 의견을 청한다. 그 친구는 "연옥 교리를 고집하는 것은 신교도 공동체에서 성공하는 데 도움이 안 된다"라며 엘가의 계획에 반대한다.[199] 이어서 엘가는 존스톤George Hope Johnstone에게 『제론시오의 꿈』을 성가대합창곡으로 완성해 공연해도 되는지를 묻는다. 존스톤은 그해 가을에 있을 버밍엄 축제Birmingham Festival에서 오케스트라를 이끌 책임자였다. 다행히 존스톤은 엘가의 계획에 찬성했다.

엘가는 즉시 버밍엄 수도회로 달려가 뉴먼의 원전을 축약해도 된다는 허락을 얻어 낸다.[200] 뉴먼 사후이니 작품에 대한 권리는 수도회에 있었다. 엘가는 축약도 수도회에 맡긴다. 뉴먼의 원작은 극시로는 긴 편이 아니었지만 성가대합창곡으로 개작하기에는 길었다. 수도회 소속이자 뉴먼의 첫 제자 중 하나였던 벨라시스 신부F. Richard Bellasis가 축약을 도와주었다. 이로써 엘가의 성가대합창곡 「제론시오의 꿈」은 특정 종교에 국한되지 않는 보편성을 지니면서도 로마가톨릭의 특성을 잃지 않게 되었다.

1900년 10월 마침내 엘가는 여러 해 동안 마음속에 품어온 상상을 실현할 수 있었다. 다음은 엘가가 작품을 설명한 내용이다.

제론시오를 신부나 성인이 아니라 우리 같은 한 인간, 죄인이나 회개한 죄인, 아직 생을 완전히 끝내지 못해 세속에 속해 있는 인간, 그러나 마침내 심판을 받기 위해 부름을 받은 인간으로 상상했다. 그래서 그의 파트를 교회적 음률로 채색하지 않았다. 풍부하고, 순수하게 낭만적 전통을 따르는, 모두가 기억하는 세속적인 것으로 채웠다.[201]

이 글을 읽으면 엘가가 「제론시오의 꿈」에 보편성을 부여하기 위해 얼마나 노력했는지 알 수 있다. 순수한 낭만적 전통은 당시에도 대단한 위력이 있었기 때문이다. 하지만 버밍엄 축제에서의 초연은 성공하지 못했다.[202] 엘가가 원했던 지휘자는 갑자기 사망했고, 새로 부임한 지휘자는 가톨릭을 싫어했다. 이런저런 이유로 합창단도 제대로 준비되지 못했다. 초연을 앞두고 리허설 도중에 엘가가 화를 내며 자리를 떴을 정도였다.

공연의 성공과 별개로 작품 자체에 대한 호평은 끊이지 않았다. 「제론시오의 꿈」에 대한 소문은 유럽으로까지 퍼져 1901년 12월 독일에서 첫 공연을 한다. 공연은 이후 독일 전역에서의 공연으로 이어질 만큼 대성공이었다. 영국에서 다시 공연된 것은 이듬해인 1902년이었다. 우스터Worcester, 셔필드Sheffield, 그리고 맨체스터Manchester에서 열린 합창대회가 「제론시오의 꿈」

을 공연 목록에 올렸다. 이렇게 영국 전역에 알려진 후 1903년 6월 마침내 런던의 웨스트민스터 대성당Westminster Cathedral에 오른다. 이때 「제론시오의 꿈」은 이미 전 세계적으로 유명해져 있었다.

엘가는 뉴먼이 총 7장으로 구성한 이야기를 전체 2막으로 압축한다. 제1막은 뉴먼의 제1장과 거의 흡사하다. 침상에 누워 두려움에 떠는 제론시오의 대사와 그를 위한 기도는 거의 대부분 포함되었다. 기도에 포함되었던 가톨릭 전례와 라틴어 시행도 그대로 사용되었다. 라틴어로 된 기도문은 로마가톨릭에게는 익숙하지만 신교도에게는 낯선 것이었다. 가톨릭교도에게는 친숙함을, 가톨릭이 아닌 사람에게는 낯설지만 새로운 장엄함을 느끼게 하려는 의도였다.

엘가의 제2막은 원전의 제2장부터 제7장까지를 대폭 축약했다. 합창곡에서 차지하는 전체 공연 시간으로 보자면 제1막보다 길지만,[203] 원작의 거의 절반밖에 살아남지 못했다. 뉴먼의 원전에서 많은 부분이 사라졌다는 말이다. 다섯 번 있었던 천사단의 합창은 엘가에서 네 번 등장하지만, 원작의 시행 전체 혹은 상당 부분을 들려주는 것은 두 번뿐이다. 그럼에도 엘가의 작품 얼개는 허술하지 않다. 원작의 포인트를 충분히 살려낸 벨라시스 신부의 축약과 엘가의 음악적 역량 때문이다. 예를 들어 악마들의 합창은 「제론시오의 꿈」의 모든 아리아와 합창곡 가운데서도 가장 템포가 빠르고 박진감 넘친다. 이를 통해 엘가는 악마의 속삭임이 얼마나 큰 위력을 발휘하며 사람을 홀리는지 상징적으로 보여 준다. 반면에 악마들의 합창에 이어지는 영혼의 독창은 고요하고 나지막하다. 제론시오의 영혼이 악마들의 강한 에너지에도 미동하지 않음을 보여 준다.

두 작품의 결말도 다르다. 뉴먼은 '연옥에 있는 영혼들'의 합창에 이어 제론시오의 영혼을 수호해 온 천사의 마지막 인사로 끝을 맺는다. 반면에 엘가는 아래처럼 기도를 덧붙인다.

영혼들

주님, 당신께서는 우리에게 안식처가 되셨나이다. 아멘.

천사단의 합창

지극히 거룩하신 주님께 찬미 바치세, 아멘

Souls

Lord, Thou hast been our refuge, etc, Amen.

Choir of Angelicals

Praise to the Holiest, ect. Amen.[204]

‘영혼들’의 합창과 ‘천사단의 합창’은 마치 돌림노래처럼 반복된 후 “아멘”으로 이어진다. 장중하고 낮게 가라앉아 길게 울리는 “아멘”이 합창곡의 끝이다.

뉴먼의 『제론시오의 꿈』은 마지막에 그 모든 것이 꿈이었다고 말한다. 이로 인해 독자는 연옥의 꿈을 간직한 채 한 번 더 삶을 사는 것에 대해 생각하게 된다. 엘가는 마지막을 기도문으로 장식해 성가대합창 전체가 하나의 장중한 기도가 되게 한다. 시와 합창곡의 장르 차이를 보여 주는 결말이다.

〈버밍엄 오라토리오 수도회. 제일 위에 뉴먼의 세례명
Joannes Henricus Cardinalis Newman이 적힌 명판〉

세인트 뉴먼의 생애

1801. 2. 21. 런던 출생

1808. 일링 스쿨Ealing School 입학

1820. 옥스퍼드 대학 트리니티 칼리지Trinity College, Oxford 졸업

1823. 옥스퍼드 대학 오리엘 칼리지Oriel College, Oxford 선임 연구원으로 선출

1824. 영국교회 성공회 사제 서품, 옥스퍼드시 성 클레멘트 교회 St. Clement's의 부제로 부임

1828. 옥스퍼드시의 성 처녀 마리아 교회St. Mary the Virgin 사제로 부임

1832. 이탈리아를 포함해 지중해 연안 여행

1833. 7. 12. 이탈리아에서 귀국

1833. 9. 9. 『시대를 위한 소책자 1번*Tract for the Times No.1*』 배포. 옥스퍼드 운동Oxford Movement 시작

1841. 옥스퍼드 대학 당국이 『소책자 90번*Tract No. 90*』에 담긴 내용 검열

1843. 성 처녀 마리아 교회 사제직 사임

1845. 10. 9. 로마가톨릭 입교

1845. 11. 1. 로마가톨릭 입교 승인

1846. 10. 사제 서품을 위해 로마로 출발

1847. 12. 성 필립 드 네리St. Philip de Neri를 따르는 수도회 설립 목적으로 영국 귀국

1849. 1. 버밍엄에 영국 최초 오라토리오 수도회The Oratory Birmingham를 열고 정착

1849. 4. 런던에 오라토리오 수도회 개설

1851. 아일랜드 가톨릭 대학The Catholic University of Ireland설립에 관여 시작

1852. 아칠리 재판the Achilli Trial에 회부되어 벌금형[205]

1854. 아일랜드 가톨릭 대학 초대학장으로 부임

1858. 버밍엄으로 돌아와 성 필립 소년 학교St Philip's Catholic Primary School 설립

1864. 『나의 삶을 위한 변론*Apologia Pro Vita Sua*』 출판

1865. 『제론시오의 꿈*The Dream of Gerontius*』 출판

1870. 『승인의 문법*A Grammar of Assent*』 출판

1879. 추기경으로 서임

1890. 8. 11. 버밍엄 오라토리오 수도회에서 영면

2010. 9. 11. 교황 베네딕토 16세에 의해 시복

2019. 10. 13. 교황 프란시스에 의해 시성

〈위는 더블린 뉴먼의 집Newman House 명패. 아래는 뉴먼 대학 교회〉

〈위는 뉴먼의 집과 뉴먼 대학 교회. 아래는 유니버시티 칼리지 더블린University College Dublin의 뉴먼 빌딩Newman Building〉

주석

1 제론시오Gerontius는 자연스럽게 늙어 침대 위에서 죽음을 맞는 보통 사람 중의 하나이다. 시시각각으로 다가오는 죽음이 두려워 마지막 순간까지 신께 간구하고 그 간구가 하늘에 닿지 못할까 걱정하는 사람, 친구에게 기도해 달라고, 도와 달라고 청하는 보통 사람이다. 뉴먼은 제론시오를 통해 살아 있는 모든 사람에게 삶을 되돌아보고 다가올 죽음에 대해 진지하게 생각해 보라고 요구한다. 제1장은 죽음이 엄습한 순간 제론시오에게 닥친 감각의 변화와 감정의 소용돌이를 주로 묘사하고, 제론시오의 곁을 지키며 성사를 집전하는 신부와 제론시오를 위로하기 위해 진실하게 기도하는 '배석자들'이 등장한다.

2 괄호 안의 기도문은 신부와 '배석자들'의 것이다.

3 원전에서는 한 행("Help, Loving Lord! Thou my sole Refuge, Thou,")이다. 번역의 묘미를 살리지 못해 부득이하게 나누었으며, 제29행도 같은 경우이다.

4 뉴먼의 '배석자들'은 제론시오와 삶을 함께해 온 동료들이다. 제론시오의 가족은 한 번도 등장하지 않는다. 이로 미루어 제론시오는 뉴먼과 마찬가지로 독신의 은총을 받은 수도자라 짐작된다. 제론시오의 침상을 지키는 '배석자들'의 간절한 기도는 두려움에 떠는 제론시오에게 위로와 힘이 된다.

5 라틴어 "Kyrie eleison, Christe eleison, Kyrie eleison"로 표기되어 있다. '하나님께 자비를 구하는 기도Petitions to God' 혹은 '자비송'의 일부로, 미사의 참회 예절 때 신자의 부당함과 연약함을 탄원하며 '주여. 자비를 베푸소서'라고 바치는 기도이다. 그 외 '배석자들'의 기도는 '성자 호칭기도Litany of Saints'의 변형이다. '자비송'에 관한 설명은 『미디어 종사자를 위한 천주교 용어 자료집』 96. 성자 호칭기도는 「가톨릭 굿뉴스」와 http://www.ibreviary.com 참조.

6 하느님의 주위를 돌며 노래하는 '천사단Choirs of the righteous'을 말한다. '함께 찬양한다'라는 의미에서 합창 혹은 합창단이라 하며, "하늘의 합창대"라 칭하기도 한다. 천사는 인간의 기도를 하느님에게 전해 주고 인간을 위해 대신 기도해 주는 존재로 성경에 근거를 둔다. 따라서 모든 그리스도교는 천사의 존재를 인정하지만, 특히 가톨릭은 유구한 세월을 거치면서 천사 연구를 축적해 발전시켜 왔다. 이를 증명하듯 『제론시오의 꿈』에는 '천사', '천사단', '고통의 대천사', '구품 천사' 등 여러 위계의 천사가 등장한다. 『제론시오의 꿈』을 제대로 감상하기 위해서는 이들이 서로 다른 존재임을 인식해야 한다. 그래야 뉴먼이 묘사한 죽음 이후의 세계와 그 세계를 지나는 제론시오의 여정이 더욱 입체적으로 느껴질 것이다. 인용은 『실낙원』 3:217.

7 제론시오는 자신의 내적 자아를 마치 객관적 대상처럼 간주하며 어서 힘내라고 응원한다.

8 시시각각 덮쳐 오던 죽음이 잠깐 멈추었다. 덕분에 죽음을 앞둔 사람이 잠시 맑은 정신을 되찾은 것처럼 생각할 여유가 생겼다. 제론시오는 다시 죽음의 그림자가 무겁게 짓눌러 남아 있는 마지막 힘을 쥐어짜 갈 것을 알고 있다. 그러니 짧은 순간도 낭비해서는 안 되며 앞으로의 여정을 준비하는 시간으로 써야 한다고 스스로를 타이른다.

9 제72행부터 4행은 라틴어 "Sanctus fortis, Sanctus Deus/ De profundis oro te,/ Miserere, Judex meus,/ Parce mihi, Domine"로 표기되어 있다. 제72행은 '삼성송-Sanctus Deus, Sanctus Fortis, Sanctus Immortális, miserére nobis' 중에서 앞부분의 어순을 바꾼 것으로 'meus'와 각운을 맞추기 위해서다. 제73행은 "주님, 깊은 곳에서 당신께 부르짖습니다"(「시편」 130:1)가 유래이다. 이 라틴어 시행은 두 번 더 반복되며, 제107행만 "죽음이 나를 소멸시키고 있나이다Mortis in discrimine"로 바뀐다. 반복으로 인해 자칫 지루해질 수 있는 시 전체의 흐름에 긴장감을 부여하고 의미적으로도 완결성을 꾀하기 위해서이다.

이처럼 라틴어 기도문을 그대로 가져와 반복하는 것은 가톨릭 제례의 장엄한 분위기를 자아내고, 마치 찬가의 후렴구 같은 효과를 주려는 의도이다. 뉴먼은 평소 좋은 내용의 시에 아름다운 선율이 더해지면 신앙심을 고취하는 효과가 있다고 믿었다. 『제론시오의 꿈』도 뉴먼이 고려한 음악적 효과가 많이 반영된 작품이다. 실제로 뉴먼의 시 여러 편이 찬가로 만들어져 동시대에 큰 사랑을 받았으며, 이 때문에 19세기 영국 찬송가 역사를 논하는 자리에서도 뉴먼이 빠지지 않는다.

10 찬가 「진실로 굳게 믿나이다Firmly I believe and truly」로 널리 알려진 부분이다. 현재 대한 성공회 『성가 2015』에 297번 성가 「지극히 높고 거룩한」으로 수록되어 있으며, 같은 책 557번에 수록된 「내 갈 길 멀고 밤은 깊은데」는 뉴먼의 시 중에서 가장 널리 알려진 「이끌어 주소서, 친절한 빛이여」가 원전이다. 뉴먼의 영향력이 로마가톨릭뿐 아니라 성공회에도 깊이 남아 있음을 보여 주는 예이다. 「이끌어 주소서, 친절한 빛이여」는 작품 해설 중 93-94쪽에서 확인할 수 있다.

11 "거룩한 군대"는 하늘의 군대 즉, 하느님을 대신해 싸우는 천사를

의미한다. "주님의 군대들아. 모두 주님을 찬미하여라."(「다니」 3:61)

12 죽음이 임박하자 제론시오의 힘은 고갈된다. 주님께 자비를 청할 힘조차 없다. 앞서 제론시오가 예측한 것처럼 죽음은 더 가공할 파괴력으로 그를 엄습한다.

13 겟세마니에서 기도하는 예수에게 "천사가 하늘에서 내려와 그분의 기운을 북돋아 드렸다."(「루카」 22:43)

14 '배석자들'의 마지막 기도는 호칭기도에서 유래한다.

15 "믿음으로써, 에녹은 하늘로 들어 올려져 죽음을 겪지 않았습니다."(「히브」 11:5) 또한 "엘리야가 회오리바람에 실려 하늘로 올라갔다."(「2열왕」 2:11)

16 다니엘은 하느님께 기도하고 감사한 일 때문에 사자 굴에 갇혔으나 하느님께서 천사를 보내어 그를 해치지 못하게 한다. (「다니」 6:11-25)

17 다니엘의 세 동료 사드락과 메삭과 에벳 느고가 타오르는 불가마 앞에서 하느님이 자신들을 구해 줄 것을 믿자 하늘에서 천사가 내려와 불길을 가마 밖으로 내몬다. (「다니」 3:8-50)

18 수치스러운 누명을 쓰고 사형의 위기에 처한 수산나를 구하기 위해 하느님께서 다니엘 안에 있는 거룩한 영을 깨워 거짓 증언을 밝히고 수치를 벗긴다. (「다니」 13:1-64)

19 주님의 영이 머물러 다윗은 손에 칼도 들지 않고 칼과 창과 표창을 들고 나온 골리앗을 물리치고 악령에 사로잡힌 사울의 살해 기도를 번번이 물리친다. (「1사무」 16:1-23:28)

20 비오로와 실라스를 말한다. 비오로가 예수 그리스도의 이름으로 귀신들린 하녀에게서 귀신을 쫓아내자 돈벌이 수단을 잃은 하녀의 주인이 몹시 분노해 바오로와 실라스에게 매질을 하고 감옥에 가둔다. 자정 무렵 바오로와 실라스가 찬미가를 부르며 기도

하자 감옥의 기초가 흔들리고 모든 문의 사슬이 풀리는 기적이 일어난다. (「사도」 16:16-26)

21 신비로운 기적으로 여러 번 죽음의 위기를 모면한 이코니움Iconium의 성녀 테클라Thecla를 말한다.

22 라틴어 "Novissima hora est"로 표기되어 있다.

23 제론시오가 지상에서 남기는 마지막 말이다. 제론시오는 간절한 마음으로 '죽어 가는 자의 기도'를 시작하나 마치지 못한다. 그가 기도를 마쳤다면 다음과 같았을 것이다; "주여. 당신의 손에 나의 영혼을 맡깁니다. 주 예수 그리스도여. 나의 영혼을 받으소서. 성스러운 마리아여, 나를 위해 기도하소서. 마리아여, 은총의 어머니시여, 자비의 어머니시여, 나를 적으로부터 보호하시고, 죽음의 시간에 있는 나를 받아주소서." 혹은 "제 목숨을 당신 손에 맡기니 주 진실하신 하느님, 당신께서 나를 구원하시리다."(「시편」 31:6) 인용은 Manghera, 703.

24 라틴어 "Proficiscere, anima Christiana, de hoc mundo!"로 표기되어 있으며, 이어지는 행은 영어 "Go forth upon thy journey, Christian soul"로 표기되어 있다. 두 행의 의미는 같다.

25 구품천사를 호칭한다. 구품천사는 천사Angels, 대천사Archangels, 좌천사Thrones, 주천사Dominations, 권세Princedoms, 권능Powers, 지품천사 케루빔Cherubim, 치품천사 세라핌Seraphim을 합쳐 부르는 말이다. 구품천사는 상중하 세 그룹으로 나뉘며 각 그룹 안에서도 위계가 있다. 중세의 엄격한 계급적 세계관을 반영하는 것으로 상급에 속하는 세라핌, 케루빔, 좌천사는 "신과 직접적인 관계를 맺으며 신의 직접적인 빛을 받는다." 중급 3대 천사는 상급 천사에게서 받은 신의 빛을 하급 3대 천사인 권천사, 대천사, 천사에게 전해 준다. 하급천사는 그 빛을 받아 "인간에게 전해 주는" 역할을 한다. 천사의 품계와 명칭은 책에 따라 다소 차이가

있으며, 여기서는 뉴먼의 원전과 가톨릭 성경 표기를 따랐다. 인용은 안진태, 308.

26 "신자들을 죽일 작정으로 이 새로운 길을 박해하여 남자 여자 할 것 없이 포박하고 감옥에 넣었습니다."(「사도」 22:4)

27 제론시오는 이제 죽었다. 바로 그 순간 영혼은 육신에서 분리된다. 이후 제론시오의 영혼은 "영혼"으로 불린다. 육체가 없는 영혼은 익숙했던 신체 능력 없이 영의 힘으로 모든 일을 해야 한다. 제2장은 육신에서 벗어난 제론시오가 영으로서 처음 경험하는 감각의 생경함을 묘사하는 데 집중한다. 누구도 실제로 경험하지 못한 상태이기에 뉴먼의 문학적 상상력이 돋보이는 부분이다.

28 죽기 직전에는 몹시 나약하고 지친 상태였으나 죽음을 지난 바로 그 순간 영혼은 마치 깊은 잠에서 깬 것처럼 생기가 솟는다. 그의 내부를 채우는 생기는 신에게서 온다. "그러면 다시 생기를 찾을 때가 주님에게서 올 것이며, 주님께서는 여러분을 위하여 정하신 메시아 곧 예수님을 보내실 것입니다."(「사도」 3:20)

29 뉴먼은 한 개인의 내적 자아의 중요성을 깊이 탐구했다. 개인주의와 자유주의 시대를 살아가는 사람들의 신앙생활에 개인의 내적 확신이 무엇보다 중요하다고 생각했고, 이러한 생각을 시에도 담았다. 이는 "공동체 지향의 글쓰기를 지양하고 개별화된 자아를 강하게 표현"하는 빅토리아시대만의 감수성을 반영한 종교시의 시작이다. 또한 존 던과 허버트 이후 끊어진 영국 종교시 전통을 되살려 사제시인 홉킨스Gerard Manley Hopkins로 이어지게 했다는 점에서 의의가 상당하다. 뉴먼의 시 경향은 김연규, 2018, 89-114를 참조. 인용은 Armstrong, 2001, 283.

30 매 순간이 변화 없이 동일하다는 의미이다. 물질세계는 변화와 유동의 세계지만 영혼이 머무는 곳은 영원의 세계이다. 영원에

서는 끊임없이 규칙적으로 흘러가는 시간이 적용되지 않는다.

31 라틴어 "Subvenite"로 표기되어 있다.

32 영혼은 육체에서 벗어났기 때문에 육체가 있을 때 자연스럽게 누렸던 감각기관이 없다. 영적 능력만으로 외부세계를 감지하지만, 여전히 육체에 쌓여 있는 것처럼 생각하고 느낀다.

33 신체 각 부분이 각자의 고유한 역할을 하면서 동시에 전체를 위해 조화롭게 어울려 하나의 존재가 된다는 생각은 유기체론을 반영한다. 19세기 영국은 근대 계몽주의의 기계론적 관념에 반대하는 차원에서 유기체론을 널리 공유한다. 러스킨John Ruskin에 이르면 유기체론은 "예술뿐 아니라 인간, 사회 그리고 경제"에까지 폭넓게 적용된다. 뉴먼은 이를 신앙에 적용해 창조의 역사에서 발견되는 오묘함과 완전함을 강조하는 방식으로 발전시킨다. 인용은 Sherburne, 9.

34 "우리"는 육신과 영혼을 의미한다.

35 영혼과 육체가 분리되는 시간과 속도가 무한에 가깝기 때문에 우주 또한 무한한 크기라고 상상한다.

36 수호천사를 의미한다. "사람은 일생 동안 어린 시절부터 죽음에 이르기까지 천사들의 보호와 그들의 전구로 도움 받는다. 모든 신자들의 곁에는 그들을 생명으로 인도하기 위한 보호자이며 목자인 천사가 있다."『가톨릭교회 교리서』 130.

37 "생명으로 이끄는 문은 얼마나 좁고 또 그 길은 얼마나 비좁은지, 그리고 찾아드는 이들이 적다."(「마태」 7:14)

38 천사를 의미한다. 영혼은 자신을 평생 수호해 온 천사의 존재를 처음 대면한다.

39 사람은 빛으로 이루어진 하느님의 얼굴을 바로 볼 수 없으나 천사는 영질의 존재여서 하느님의 얼굴에서 나는 빛을 견딜 수 있고 곧바로 쳐다보는 것도 가능하다.

40 하느님의 지혜와 사랑은 종종 깊이로 묘사되며 하느님의 권능은 높이로 묘사된다. "오 하느님의 풍요와 지혜와 지식은 정녕 깊습니다. 그분의 판단은 얼마나 헤아리기 어렵고 그분의 길은 얼마나 알아내기 어렵습니까?"(「로마」 11:33)와 "그분께는 주권과 공포가 있네, 당신의 높은 곳에 평화를 이루시는 분"(「욥기」 25:2) 참조.

41 인간은 고집스럽고 세속적인 마음을 지녀 신의 말씀을 따르지 않으나 신은 인내하며 인간의 마음에 구원의 힘을 미친다. 그로 인해 세속적인 인간도 성자로 거듭난다. 신의 가장 높고 깊은 지혜와 권능은 인간을 창조하고 인간을 변화시킨 것에 있다.

42 아담의 실족으로 인한 원죄를 의미한다.

43 인간이 짊어진 원죄는 크고 무거워 쉽게 씻기지 않는다. 주님의 구원에 의해서만 온전히 씻길 수 있다. 주님의 구원 때까지, 인간은 죄악에 더 물들지 않기 위해 선의 방향으로 끊임없이 나아가야 한다. 그렇지 않다면 인간은 타고난 원죄의 무게로 인해 죄와 선 사이에서 균형 잡지 못하고 죄로 기울게 된다. 천사는 인간의 불안정한 영혼을 도와 그 균형을 유지하게 돕는다.

44 제론시오가 이승에서 행했던 모든 선과 죄들이 주마등처럼 펼쳐지는 것으로 제론시오의 사심판이 이미 시작되었음을 상징한다. 주마등처럼 스쳐 가는 "저 광경"의 모든 것을 신이 꿰뚫어 보기 때문이다.

45 "널리 알려진 그 위업"은 인간 창조이다. 인간은 창조의 위업에 걸맞지 않게 타락했다. 놀라운 것은 현재 인간이 최초의 실족 때와 비교해 더 타락하지 않았다는 점이다. 하느님이 인간에게 죄와 진리 사이에서 균형을 이룰 수 있도록 미리 안배해 두었기 때문이다. 그래서 인간은 완전한 죄악과 수치의 존재가 되지 않았을 뿐 아니라 선을 향해 나아가기 위해 스스로 노력하는 존재가

되었다.

46 천사는 "하느님 말씀 순히 들어 그 영을 시행하는 능한 자들"이다. 그중에서 치품천사는 구품천사 중에서 가장 높은 세라핌으로 하느님 가장 가까이에 머물며 하느님의 빛을 곧바로 받는다. 반면에 수호천사는 가장 낮은 계급인 천사Angels에 속한다. 수호천사는 자신의 낮은 품계로 인해 가장 가까이에서 인간의 일생을 함께한다. 그로 인해 상위계급 천사보다 인간을 더 사랑하고 깊이 이해하게 되었다. 인용은 『가톨릭교회 교리서』 127.

47 영혼은 죽음 직후 무한에 가까운 거리를 이동했지만, 자신이 머물던 방에서 울려 퍼지는 소리를 들을 만큼 거의 이동하지 않았다. 영원의 시공간을 이해하는 것은 현실 세계와 다른 법칙을 상상하는 것이다.

48 "이처럼 꼴찌가 첫째 되고 첫째가 꼴찌 될 것입니다."(「마태」 20:16)

49 "한밤중에 주님께서는 이집트 땅의 맏아들과 맏배를, 곧 왕좌에 앉은 파라오의 맏아들부터 감옥에 있는 포로의 맏아들과 짐승의 맏배까지 모조리 치셨다."(「탈출」 12:29)

50 단테의 『신곡』에 따르면 "오직 두 개의 빛들만이 두 벌의 옷을 입고 우리의 수도원으로 곧바로 오르도록 되었으니" 두 개의 빛은 "그리스도와 마리아"이며 두벌의 옷은 "영혼과 육신"이고 수도원은 "천국"이다. 성모는 그리스도와 같이 영혼과 육신이 모두 하늘나라에 올라가 있다는 뜻이다. 「천국편」 222, 337.

51 주변에 머물러 있는 천사가 수호천사임을 깨닫고 영혼이 먼저 인사를 건넨다. 이때부터 천사는 이승에서 그랬던 것처럼 수호자이자 동반자로서 여정을 함께한다. 이런 구조는 지옥에서 천국까지 여행하는 단테의 길잡이로 베르길리우스가 배치된 것과 비슷하다. 베르길리우스는 "아량으로 가득한 영혼"으로 단테가 여행하는 동안 "두려움에서 벗어나도록" 도와준다. 마찬가지로 뉴

면의 수호천사도 영혼이 두려워하거나 의심에 빠지는 순간을 미리 알아채어 위로와 확신을 준다. 제론시오의 일생을 곁에서 지켜보며 그 영혼을 깊이 사랑하고 이해하게 되었기 때문이다. 인용은『신곡』「지옥편」18.

52 "반갑구나, 나의 아이여! 나의 아이이자 나의 형제여, 환영하노라! 그대는 무엇을 원하는가?"는 길어 보이지만 실제로는 한 행이다. 제129행이나 제328행의 "너는 지금 소망하면 안 되는 것을 소망하면 안 되느니라"와 "그러나 들어보소서!"부터 "제가 놀랄 수도 있나이까"로 이어지는 제390행도 각각 한 행이다. 영시에서는 음보foot가 충족되지 않는 경우 한 행으로 간주하지 않는다. 유독 천사와 영혼 사이의 대화에서 이처럼 비정형 시행이 많이 발견되는 것은 자연스럽게 이어지는 실제 대화와 같은 느낌을 주기 위해서이다. 주석 116 참조.

53 영혼은 깊은 어둠 속에서 영원한 운명을 결정지을 최종 심판을 앞두고 있다. 외로움과 두려움 그리고 앞으로 펼쳐질 일에 대한 궁금증으로 가득 차 있다. 그런데도 궁금증 자체가 대화의 목적이 아니라고 말하는 것은 대화를 통해 외로움과 두려움을 덜고자 하는 의도와 천사가 대답하기 곤란한 질문을 하지 않겠다는 배려를 담고 있다.

54 라틴어 'Subvenite'로 표기되어 있다.

55 "영체"는 영혼으로 이루어진 존재인 천사를 뜻한다.

56 시계추의 진자 운동을 말한다. 물질세계에서는 천체의 규칙적인 변화나 시계추와 같이 규칙적인 움직임에 의해 시간이 측정된다.

57 영의 세계에서 시간은 영혼 각자의 생각에 따라 흐른다. 이 마음에서는 더 빨리 흐르고 저 마음에서는 더 늦게 흐를 수도 있다. 이는 매우 주관적이고 상대적인 세계관을 반영하는 관념으로, 뉴먼 사상의 중요한 특징 중 하나이다. 뉴먼에 따르면 "객관성에

근거한 진실은 그 자체로 존재하는, 이 특별한 혹은 저 특별한 마음 밖에서 별개로 존재하는 종교 제도를 의미한다. 주관성에 근거한 [진실은] 각각의 마음이 특별하게 받아들이는 것, 그렇게 여기는 것이다." 이러한 생각은 당시로는 상당히 새로운 것이어서 교회에서도 생경하게 받아들여졌다. 하지만 현재는 뉴먼이 시대를 앞선 사상가임을 증명하며 "주체 중심의 미학"이라 불린다. 첫 번째 인용은 *Tract No. 73*, 34. 두 번째 인용은 Goslee, 89.

58 이 세계는 하느님이 창조의 순간에 선별한 것들로 구성되었다. 따라서 세계에 있는 모든 것은 살아 있는 동안 각자의 색깔을 뽐내고 서로 다른 존재성을 드러낸다. 유일하게 공통된 운명은 최후의 심판 하나이다.

59 "흠 없고 올곧으며 하느님을 경외하고 악을 멀리하는" 욥을 시기한 사탄이 하느님께 "욥이 까닭 없이 주님을 경외하겠습니까?"라고 질문하며 욥을 파멸토록 부추긴다. (「욥기」 1:8-9)

60 "하느님의 아들들"은 천사를 말한다.

61 "사탄 또는 악마와 모든 마귀들은" "하느님께 대한 그들의 반역에 인간을 끌어들이고자 노력하고 있다." 『가톨릭교회 교리서』 155.

62 '악마들'의 첫 번째 합창은 '연속시행run-on line'으로 35행 전체가 하나의 문장구조로 이루어진 긴 시행이다. 덕분에 의미파악도 매우 힘들다. 이는 악마의 속내가 간교하여 복잡하고 미려한 말재간 속에 감추어져 있음을 암시한다. 또한 짧은 시행들의 시작과 끝이 서로 맞물려 떨어지지 않도록 전체 시행을 배치해 마치 꼬리에 꼬리를 물고 구불구불하게 기어가는 뱀의 형상을 그려낸다. 시의 음악적 효과뿐 아니라 인쇄되었을 때의 시각적 효과까지 계산한 뉴먼의 섬세함이 돋보이는 부분이다. '악마들'의 노래는 이후 두 번 더 등장하며 뱀의 혓바닥처럼 교활하게 영혼의 마음을 흔들지만 결국 실패한다.

63 세례를 의미한다.

64 천사는 종종 불꽃으로 묘사된다. "그는 자기의 천사들을 바람처럼 만들고 자기의 시종들을 타오르는 불처럼 만든다."(「히브」 1:7) 또는 "그 어좌 앞에서는 일곱 횃불이 타고 있었습니다. 그것은 하느님의 일곱 영입니다."(「묵시」 4:5)

65 "주님께서 내 주님께 말씀하셨다. 내 오른쪽에 앉아라. 내가 너의 원수들을 네 발아래 잡아 놓을 때까지."(「마태」 22:44)

66 "압제자"와 "폭군"은 사탄을 가차 없이 벌하는 하느님이다.

67 진실한 신앙심 없이 형식적으로 찬송하는 자들, 특히 그런 종교인을 의미한다.

68 하나님의 말씀에 순종하지 않는 악마들을 의미한다.

69 기도와 찬양을 의미한다.

70 제론시오는 영혼의 눈으로 악마들을 보기 때문에 악마들의 간교한 속삭임에 힘이 없다는 것을 쉽게 알아차린다.

71 "가장 치명적인 적"은 사탄을 의미한다. 사탄은 "악마의 고유명사로 '방해하다', '반대하다'라는 의미를 지니고 있는 히브리어 사탄에서 유래되었다. '적대자'라는 뜻으로 하느님과 대립하여 존재하는 악을 인격화한 말이다. 성경에서는 마귀, 악마, 귀신, 더러운 영 등으로 표현되고 있다." 뉴먼은 인간이 원죄로 인해 사탄에게 쉽게 굴복할 가능성을 갖고 태어났지만, 천사나 성자 그리고 거룩한 수도자들은 순수하고 올곧은 마음으로 사탄과의 싸움을 이겨 낸다고 말한다. 인용은 『미디어 종사자를 위한 천주교 용어 자료집』 56.

72 "그런데 바오로가 땔감 한 다발을 모아 불 속에 넣자 독사 한 마리가 열기 때문에 튀어나와 바오로의 손에 달라붙었다. 원주민들은 뱀이 바오로의 손에 매달린 것을 보고 저 사람은 틀림없이 살인자다. 바다에서는 살아 나왔지만 정의의 여신이 그대로 살

려 두지 않는 것이다 하고 서로 말하였다. 바오로는 아무런 해도 입지 않고 뱀을 불 속에 떨어뜨렸다."(「사도」 28:3-5)

73 "표징signs"은 "겉으로 두드러지게 드러나는 특징, 특히 하나님의 능력과 역사를 증거하는 표시"이며, "모형types"은 "마치 틀pattern이나 사본copy처럼 원형의 그림자로서 하나가 다른 하나를 표시해 주는 것을 가리킨다. 모형은 항상 그 원형original type을 가지고" 있으며 "그리스도 혹은 장차 이루어질 천상의 것들에 대한 불완전한 그림자로서 부분적인 것"이다. 성경에서는 "이것이 나와 너희 사이에 세운 계약의 표징이다"(「창세」 17:11)와 "아담은 장차 오실 분의 예형입니다."(「로마」 5:14)에서 찾아볼 수 있다. '예형'은 장차 올 원형, 즉 예수 그리스도의 모형을 의미한다. 인용은 『교회용어사전』 221, 275.

74 하느님을 뵙는 순간은 마치 불길이 영혼을 휘감고 지나가는 것처럼 큰 충격이며, 그 충격이 지나면 그만큼 큰 상쾌함을 느끼게 되는 신비한 경험이다.

75 "지복직관Beatific Vision"은 하느님의 영광을 직접 본다는 뜻이다. 영혼은 지상에서 누리던 모든 감각과 운동기관을 잃었기에 외부 세계를 감지하는 것이 불가능하다. 완벽한 암흑과 절대고독 속에 있는 것과 같다. 지금 영혼이 감각을 느끼는 것은 은총이 임시 방편의 감각 통로를 마련해 주었기 때문이다. 영혼은 지복직관의 순간에 잃어버린 모든 감각을 되찾을 것이다.

76 "한낮의 얼굴"은 태양이다. 이제 영혼은 영원히 태양을 볼 수 없지만 아쉽지 않다. 하느님이라는 참된 빛을 보게 될 것이기 때문이다.

77 "중천the mid glory"은 천국을 의미하며, 그곳에 있는 인간은 아시시의 성인 프란치스코St Francis of Assis이다. "하느님은 그가 걸어간 길이 올바르다는 것을 1224년 9월 14일에 예수 그리스도의 오

상을 그에게 새겨 줌으로써 인정하셨다. 라 베르나La Venra 산 위에서 십자가에 못 박힌 세라핌 천사가 나타나 그에게 예수의 오상을 새겨 주었다. 그의 손과 발에 새겨진 상처에는 연골의 형태로 못까지 있었다." '오상'이란 십자가에 못 박힌 예수 그리스도의 몸에 있는 다섯 상처, 즉 양손, 양발, 옆구리에 난 상처를 말한다. 천사는 프란치스코의 이야기를 들려줌으로써 지복직관을 앞두고 영혼이 느끼는 두려움을 안심으로 바꾸려 한다. 인용은 요셉 봐이스마이어, 127-128.

78 마치 쇠가 불로 제련되듯이, 신의 손길에 의해 흠결 없는 순수한 신앙인으로 거듭나는 과정을 말한다. "나는 그 삼 분의 일을 불 속에 집어넣어 은을 정제하듯 그들을 정제하고 금을 제련하듯 그들을 제련하리라. 그들은 나의 이름을 부르고 나는 그들에게 대답하리라."(「즈카」 13:9)

79 천사합창대 중에서 가장 낮은 계급으로, 인간의 영혼으로 구성되어 있거나 인간과 가장 가까운 존재들이다. "이 세상 사람들은" "천사들과 같아져서 더 이상 죽는 일도 없다. 그들은 또한 부활에 동참하여 하느님의 자녀가 된다."(「루카」 20:34-36) 또한 "단지 천사라 불리는 천계의 마지막 계급은 사자(死者)로 구성되어 인간에게 가장 가깝다고 한다. 이 천사는 신과 인간, 영원과 시간성 사이의 중계자나 대변자로 봉사한다." 안진태, 327.

80 천사단의 합창이 가까이서 들리는 것은 영혼이 하느님의 심판장에 가까이 왔음을 의미한다. 『제론시오의 꿈』에서 천사단의 합창은 총 다섯 번 반복되며 모든 구절은 성경과 『성무일도』에 근거를 두고 있다.

81 "땅 깊은 곳들도 그분 손안에 있고 산봉우리도 그분 것이네."(「시편」 95(94):4)가 유래이다. '천사단의 첫 번째 합창'은 뉴먼 생존 당시 「높이 계시는 지극히 거룩하신 주님께 찬미 바치세Praise to

the Holiest in the Height」라는 제목의 찬가로 만들어져 크게 사랑받았다.

82 "맏아들"은 예수 그리스도를 의미한다.

83 예수는 영육을 갖춘 존재이므로 창조물의 한계를 모두 뛰어넘는다. 요셉과 마리아는 인간의 몸으로 태어났지만 성령을 입어 예수의 부모가 되었다. 성령으로 태어나지 못한 존재는 하느님의 나라에 들 수 없다. "누구든지 물과 성령으로 태어나지 않으면, 하느님의 나라에 들어갈 수 없다. 육에서 태어난 것은 육이고 영에서 태어난 것은 영이다."(「요한」 3:5-6) 또는 "여러분은 그렇게도 어리석습니까? 성령으로 시작하고서는 육으로 마칠 셈입니까?"(「갈라」 3:3) 참조.

84 "영원하신 분the Eternal"은 하느님이다.

85 "주님께서 용사처럼 나가시고 전사처럼 사기를 돋우신다. 고함을 치시고 함성을 터뜨리시며 당신의 적을 압도하신다."(「이사」 42:13)

86 인간세계를 의미한다.

87 "처마의 가장 높은 끝"은 코니스Cornice, "그 아래 조각 띠"는 프리즈frieze이다. 서양 고전 건축의 최상부 구조에 해당한다.

88 단테는 천국을 "내가 지나쳐 온 하늘의 궁정에는 우리 세상으로 가져오기에는 너무나 값진 보석들이 얼마든지 널려 있었다"라고 묘사한다. 인간에게 익숙한 물질적 관념을 빌려와 상상 가능한 것 가운데 최상의 것을 천국의 모습으로 제시한 것이다. 이에 비해 뉴먼은 천국이 작은 재료 하나까지 생명으로 이루어진 세계, 비물질적이고 영적인 세계라고 말한다. 뉴먼의 천국을 이해하는 데 더 많은 상상력이 필요하다. 인용은 『신곡』 「천국편」 87.

89 악마로 인해 실족한 인간을 의미한다.

90 아담의 실족으로 인간이 야수 같아졌다는 의미이다.

91 "그들은 무리에서 쫓겨나고 사람들은 그들에게 도둑인 양 소리 지르지. 그들은 골짜기의 벼랑에, 땅굴과 바위에 살아야 하는 자들. 덤불 사이에서 소리 지르고 쐐기풀 밑에서 떼 지어 모여드는 어리석고 이름도 없는 종자들, 이 땅에서 회초리로 쫓겨난 자들이라네."(「욥기」 30:5-8)

92 영혼은 천사들의 합창을 아름다운 풍광에 비유한다. 시인 뉴먼은 자연을 소재로 삼은 시를 거의 남기지 않았다. 자연을 영성 회복의 통로로 생각하는 당시 낭만주의 시 경향이 범신론으로 연결된다고 믿었기 때문이다. 그러므로 이처럼 아름다운 자연묘사는 뉴먼의 시 전체에서도 보기 드문 예이다. 표현이 아름답고 생생해서 뉴먼이 자연시를 썼다면 어떤 모습이었을까 궁금증을 자아내게 한다. "지금은 여기서, 지금은 멀리서"는 매 순간 바람이 빠른 속도로 먼 거리를 날아가고 있다는 의미이다.

93 "본래 영체란 약한 인간과는 달라서 심장과 두뇌, 간장과 신장 따위의 내장만이 아니라 전신에 활력이 넘쳐 절멸이 아닌 한 죽는 법이 없기 때문이로다."『실낙원』 6:344-347.

94 천사는 영질의 활력을 갖고 있어 완전한 존재성을 유지한다. 그 완벽함으로 인해 성장에 대한 희망이나 퇴보에 대한 근심이 없다. 천사의 항상성은 밤만 계속되는 상태 혹은 낮만 계속되는 상태와 같이 밋밋하다. 반면에 인간은 실족의 상태에 있기에 구원될 희망과 구원을 향해 변화될 가능성을 품고 있다. 인간의 결점이 인간에게는 희망이며 가능성인 것이다. 인간 진보에 대한 뉴먼의 낙관적 믿음이 반영되어 있다.

95 "단단하고hard"는 인간이 완고하고 고집 세서 하느님의 말씀을 받아들이지 않음을 의미한다. "심장은 돌처럼 단단하고 연자매 아래짝처럼 단단하니"(「욥기」 41:16) 참조.

96 지복직관의 순간에 겪게 될 신비적 경험을 말한다.

97 "속죄의 불"은 연옥의 불Purgatory Ignis이다.

98 영혼은 지복직관의 순간에 겪게 될 고통에 대해 이해한다. 그러나 천사의 입을 통해 직접 듣기를 원한다. 이는 신앙에서의 겸손한 태도를 강조하는 것이며, 동시에 종교적 관념과 진실의 이해를 개개인의 해석에 맡기는 자유주의 경향에 반대하는 태도이다. 뉴먼은 19세기 세속주의 영향으로 종교 진영에 파고드는 자유주의를 매우 걱정했다. 교회 속에 파고든 자유주의가 신앙의 유일한 진실과 교회의 전통을 훼손한다고 믿었기 때문이다. "나의 전쟁은 자유주의와의 전쟁이었다. 나는 자유주의를 반-교리적 원칙과 그것의 발전이라 여겼다"라는 글은 자유주의와 결코 타협하지 않겠다는 단호함이 담겨 있다. 인용은 Newman, *Apologia Pro Vita Sua*, 61.

99 "이중의 고통"과 같은 의미이다. 제론시오는 하느님의 얼굴을 보는 순간 죄의식으로 고통받게 될 것이다. 그 고통이 너무 커 하느님을 피하고 싶지만 그럴 수 없을 것이다. 하느님의 아름다운 얼굴 속에서 살고자 하는 갈망이 더욱 크기 때문에, 하느님을 보지 않는다는 생각만으로도 큰 고통을 느끼게 될 것이다. 만약 죄의 두려움을 이기고 하느님을 향한 갈망을 온전히 견디면 영혼은 하느님의 오른편 자리에 서도록 선택받을 것이다.

100 영혼이 자신의 현재 상태를 솔직하게 보여 준다는 뜻으로 숨김이나 거리낌 없이 영혼을 주님께 맡긴다는 의미이다.

101 "장대하고 신비로운 음률"은 '거룩한 계단을 지키는 천사들'이 부르는 찬양이다. 이들의 합창이 들린다는 것은 영혼이 심판장에 더욱 가까이 왔다는 신호이다. "그러나But"라는 역접 접속사가 사용된 이유는 앞서 영혼이 천사의 설명을 통해 주님 앞에서 겪게 될 고통을 충분히 이해했음에도 불구하고 천사대의 장엄한 소리에 다시 두려움을 느꼈기 때문이다.

102 "천사들은 하느님께 끊임없이 영광을 드리며" "그들의 주님이신 그리스도를 호위하고 있다." 『가톨릭교회 교리서』 134.

103 "하루a day"는 영원의 상대적 표현이다.

104 "한 창조물"은 천사를 의미한다. 천사도 인간과 마찬가지로 하느님의 창조물이다. 성경은 예수 그리스도의 고통을 지켜보는 천사의 명칭을 구체적으로 제시하지 않으나, 뉴먼은 제6장에서 이 천사가 "고통의 대천사the great Angel of the Agony"라고 말한다. 주석 13 참조.

105 '천사들의 네 번째 합창'은 인간의 실족을 이유로 하느님을 조롱했던 악마들의 주장을 상기시킨다. "마치"처럼 가정을 나타내는 표현이 반복적으로 사용되어 악마들이 하느님의 진실을 조금도 이해하지 못하면서 아는 체한다고 말한다.

106 "주 하느님께서 말씀하셨다. '사람이 혼자 있는 것이 좋지 않으니, 그에게 알맞은 협력자를 만들어 주겠다.'"(「창세」 2:18) 혹은 "보아하니 너는 까다롭고 미묘한 너 자신의 행복만을 기대하며 배필을 찾고 있구나." 『실낙원』 8:399-400 참조.

107 영혼과 천사는 최후의 심판장에 다다랐으나, 땅에서 제론시오의 죽음을 지켜 주던 '배석자들'의 기도 소리가 여전히 들린다. 영의 세계에서는 찰나가 영원과 같고 지척이 천 리와 같다.

108 라틴어 "Subvenite"로 표기되어 있다.

109 영혼은 스스로의 힘으로 심판장에 계신 주님을 향해 빠른 속도로 날아간다. 영혼을 수호해 온 천사는 마침내 임무에서 벗어난다. 그러나 천사가 임무에서 벗어나는 것은 잠깐이며, 영혼이 연옥에서 나오면 다시 임무가 시작될 것이다. "임마누엘"은 구세주로서의 예수를 의미한다.

110 뉴먼의 연옥 관념이 분명하게 드러나는 부분이다. 뉴먼이 상상한 연옥은 전통적인 연옥 관념에서 흔히 발견되는 극단적 고통

이 아니라 사색과 고독을 통해 영혼이 영적으로 더욱 성장하는 시간이다. 연옥의 불 또한 정죄의 불이 아니라 영혼을 밝혀 주는 불, 영혼이 연옥의 어둠을 지날 때까지 길을 밝혀 이끌어 주는 빛이다.

111 연옥에는 제론시오의 영혼 외에도 빛의 사심판을 기다리는 영혼들이 더 있다. 이들은 연옥에서의 정죄를 마치고 한시라도 빨리 천국에 들기를 바라는 열망으로 가득하다. '연옥에 있는 영혼들'의 노래는 그런 열망을 담고 있으며, 내용은 「시편」 90장에서 왔다. 뉴먼은 90장 17개 절을 12개 절로 축약하고 일부 표현을 변경한다. 12개 절이 각각 한 행에 해당하며, 주님의 구원과 대비되는 육신의 초라함과 무의미한 삶의 일상성을 강조한다.

112 성부, 성자, 성령의 삼위가 하나임을 찬양하는 '영광송'이다. '영광송'은 가톨릭에서 모든 기도를 마칠 때 바치는 미사송의 하나로, 교회에서는 '영광이 성부와 성자와 성령께, 처음과 같이 이제와 항상 영원히, 아멘'이라고 기도한다.

113 앞서 천사는 연옥에 들어간 영혼이 모든 굴레와 상실을 벗으면 그 영혼을 되찾아 빛의 법정에 세우겠다고 말한 바 있다. 이제 그 약속이 지켜질 것이다.

114 "호수"에 영혼을 담그는 것은 영혼에 혹시라도 남아 있을 작은 티끌마저 씻는 마지막 과정이다. 천사가 영혼을 물에 담가 죄를 씻어 주는 것은 성경에서 유래를 찾기 어려우며 단테의 「연옥편」에도 비슷한 예가 없다. 단테는 물에 빠진 인간을 수차례 묘사하지만, 지옥에 한하며 "늪", "끓는 피의 강물" 혹은 "똥물"처럼 처벌과 고통으로 연결한다. 반면에 뉴먼은 "호수"의 물을 정화와 재생 그리고 세례와 연결한다. 구원의 마지막 단계에 세례를 포함한 이유는 가톨릭 성사 중 일반적으로 가장 널리 알려져 있기 때문이다. 모두에게 친숙한 성사를 구원의 마지막 단계에

배치함으로써 독자들이 쉽게 구원을 상상할 수 있도록 하기 위함이다. 또한 구원을 위해 마련된 단계가 하나 더 있다고 말함으로써 혹시나 있을 의혹을 안심으로 바꾸려 함이다. 연옥이 영혼 스스로의 사색과 성숙의 과정이라면, 그 과정이 완전하였는지에 대한 판단도 영혼 스스로의 것이다. 그 판단이 신의 눈에도 보기 좋을 것인지에 대한 의심과 불안이 생겨날 수 있다. 천사가 영혼을 호수에 담그는 행위는 그런 의심을 불식시키고 반드시 구원되리라는 확신을 주기 위함이다. 인용은 『신곡』 「지옥편」 75, 118, 181.

115 깊은 심연은 일반적으로 죽음, 꿈, 사색의 세계와 연결된다.

116 독자는 뉴먼이 『제론시오의 꿈』이라는 제목을 택한 이유를 이제야 알 수 있다. 제론시오는 죽지 않았으며, 지나온 모든 이야기는 꿈이었다. 그렇다고 결말이 허망하지만은 않다. 신이 인간을 진실로 사랑하며, 신이 인간에게 부여한 최종 운명이 구원임을 확인했기 때문이다.

번역자가 원본으로 삼은 1914년 판본에 따르면 『제론시오의 꿈』은 총 900행이다. 이에 반해 현대에 재편집된 판본은 총 912행이다. 두 판본 사이에 약 12행의 차이가 나는 이유는 첫째, 1914년 출판본이 판본의 크기에 맞추어 부득이하게 둘로 나눈 긴 시행을 현대에 와서 두 개의 행으로 간주한 경우가 여럿 있기 때문이다. 둘째, 1914년 판본에서 시행이 율격meter을 충족하지 못해 한 행으로 간주하지 않는 시행을 현대에 와서 한 행으로 간주한 경우가 여럿 있기 때문이다. "영시에서는 시행을 음보로 쪼갠 후에 이 음보의 수의 따라 시행의 길이를 헤아리는 것이 관례"이므로 1914년 판본처럼 총 900행이라고 보는 것이 맞다. 현대에 재편집된 판본은 『제론시오의 꿈*The Dream of Gerontius*』(2007) 참조. 인용은 이상옥, 이경식, 315.

117 Newman, *Apologia Pro Vita Sua*, 23.

118 Strange, 25, 재인용.

119 Newman, *Apologia Pro Vita Sua*, 25.

120 Strange, 25.

121 빅토리아시대는 영국 여왕 빅토리아Queen Victoria가 재임하던 1837년부터 1901년까지를 말한다. 영문학에서는 여왕 통치가 시작된 1837년이 아니라 낭만주의 시인 스콧 경Sir. Walter Scott이 사망하고 선거법the Great Reform Bill이 통과된 1832년을 빅토리아시대의 시작으로 보기도 한다. 빅토리아시대라는 용어가 여왕의 재임 기간뿐 아니라 이전과 이후 시대 사이에서 확연히 두드러지는 사회문화적 경향을 통칭하는 용어이기 때문이다. 선거법 관련 설명은 Bristow, 1.

122 나종일, 송규범, 684.

123 Altic, 233.

124 Newman, *Apologia Pro Vita Sua*, 25.

125 같은 책, 27.

126 Strange, 25.

127 Martin, 29.

128 Strange, 31.

129 Newman, *Verses on Various Occasions*, 11.

130 Church, 7.

131 같은 책, 7.

132 Norman, 278.

133 영국 국교회의 전례에 사용되는 책으로 성사 내용을 쉽게 이해하고 기도할 수 있도록 도와준다. 성공회 전례는『공동 기도서』에 기초해 있으며 우리나라에서는 2004년부터『성공회 기도서』라 칭한다.

134 Ker, 1994, 525.

135 같은 책, 532.

136 같은 책, 569.

137 Newman, *Lyra Apostorica*, 28-29. 뉴먼은 시가 사람들의 감수성에 미치는 힘을 높이 평가했기에 옥스퍼드 운동 효과를 높이기 위해 시 운동도 함께 추진한다. 뉴먼이 이끈 시 운동의 결과물 중에 대표적인 것이 『브리티시 매거진*British Magazine*』과 시선집 『리라 아포스톨리카*Lyra Apostolica*』이다. 뉴먼과 함께 옥스퍼드 운동에 참여했던 젊은 시인들이 『브리티시 매거진』에 시를 기고하고, 기고된 시들 중에서 선별해 출판한 것이 『리라 아포스톨리카』이다. 이 시선집은 시의 선별, 편집, 출판까지 뉴먼이 모든 일을 주관했기에, "뉴먼에 의해 부여된 톤의 단일함이 이 시집의 가장 두드러진 특징"이다. 또한 뉴먼이 추구한 옥스퍼드 운동 정신과 초기에 썼던 논쟁적인 시들의 모습을 확인할 수 있는 귀중한 자료이기도 하다. 인용은 김연규, 2017, 91.

138 Newman, *Verses on Various Occasions*, 148-149.

139 Newman, *Apologia Pro Vita Sua*, 50.

140 Chadwick, 95.

141 James & James, 166.

142 Chadwick, 91.

143 Armstrong, 1993, 175.

144 Nockles, 196.

145 같은 책, 196.

146 Wimsatt, 38.

147 실제로 빅토리아시대에 로마가톨릭은 제례의 풍성함과 아름다움으로 미학적 관점에서 주목받았다. 로마가톨릭으로의 개종을 반대하는 아버지에게 홉킨스가 "환상과 미학적 취향이 지금

의 제 마음 상태로 이끌었다고 말씀하시다니 놀라울 따름입니다"라고 말하는 것에서도 로마가톨릭에 대한 일반적 편견이 드러난다. 인용은 Hopkins, 93.

148 Altic, 211.

149 『소책자』에 관한 공식 기록은 Imberg, *Tracts for the Times: A Complete Survey of All the Editions*를 따랐으며, 『소책자』에 관한 설명은 김연규, 2017, 89-91쪽 참조.

150 Newman, *Apologia Pro Vita Sua*, 50.

151 Chadwick, 55.

152 Turner, 2002, 195, 재인용.

153 Newman, *Apologia Pro Vita Sua*, 163.

154 옥스퍼드 대학은 가톨릭 해방령에도 불구하고 로마가톨릭교도가 대학 교원이 되는 것을 금지하고 있었다. 이 때문에 뉴먼 개종 후 그를 따라 개종한 옥스퍼드 대학생들은 의무적으로 성공회 채플 수업에 참여해야 했고, 대학에서 학자로 남을 수 있는 경력도 포기해야 했다. 뉴먼보다 훨씬 후배인 홉킨스도 같은 어려움을 겪었다. Martin, 122, 128. 참조.

155 Altic, 215.

156 Inglis, 18.

157 유니버시티 칼리지 더블린University College Dublin의 전신이다. 현재 대학은 더블린 남쪽으로 이전했고, 과거 자리에는 뉴먼이 사용했던 건물과 대학 교회가 남아 있다. 뉴먼이 사용했던 건물은 뉴먼의 집Newman House으로 보존되다, 2019년 9월 아일랜드 국립 문학 박물관Museum of Literature Ireland으로 재탄생했다. 아일랜드에서 뉴먼에 대한 사랑은 각별하다.

158 Turner, 1996, 259.

159 Tierney, 5.

160 첫 인용은 Ker, 2004, 2. 두 번째 인용은 Zeno, 189.

161 Burrell, 258.

162 Lash, 243. '바티칸 공의회는 교의나 율법 등 중요 사안을 토의하기 위해 교황이 주교들을 소집하는 회의로 가톨릭교회의 중요한 교리가 결정되는 자리이다. 제1차 바티칸 공의회는 1869년 12월에 시작해 다음 해까지 지속된 회의로 교황 수위권과 교황 무오설 등 교리에 관한 주요한 결정이 이루어졌다. 제2차 바티칸 공의회는 교황 요한 23세 재위 때인 1961년 10월에 개최되어 1965년 12월에 폐회되었으며, 교황청 개혁과 교회의 현대화, 신앙의 자유, 세계 평화, 교회 연합과 일치 등이 논의되었다. 특히 2차 바티칸 공의회는 '시대에의 적응'을 내세워 교회의 보수적인 면을 탈피하고 교회제도를 과감하게 개혁하며 성경을 재해석하여 교회에 새 바람을 일으켰다는 평가를 받고 있다.' 바티칸 공의회 설명은『교회용어사전』681쪽 발췌.

163 Sharp, 15.

164 Newman, *Poetry, with Reference to Aristotle's Poetics,* 22.

165 차은정, 250.

166 Kingsley, 358.

167 Chitty, 230.

168 Ker, 1994, xvii.

169 Newman, *Apologia Pro Vita Sua*, 214.

170 Johnson, 22.

171 개종 후 쓴 시들은『다양한 행사를 위한 시*Verses on Various Occasions*』에 수록되어 있다. 작품 수도 많지 않으며, 대부분 교회 행사에 맞추어 완성한 것으로 찬미가를 목적으로 쓴 것들이다. 예를 들어 1850년 완성한「성모의 달The Month of Mary」(275-277)은 "노래A Song"라는 부제가 붙어 있다.

172 Cummings, 143, 재인용.

173 Francis, 16.

174 Strange, 274-275.

175 같은 책, 462.

176 Thirlwall, 86-87.

177 Strange, 389, 재인용.

178 김연규, 2018, 12. 참조

179 『신곡』「지옥편」7.

180 「가톨릭 굿뉴스」의 성인목록 참조

181 종부성사이다. 임박한 죽음을 앞두고 영혼을 하나님께 의탁하는 의식으로 생전에 마지막으로 치러지는 의식이라고 하여 종부성사라고 불렀으나 1972년 제2차 바티칸 공의회 이후 병사성사로 바꾸어 부른다. 『교회용어사전』 480 참조.

182 『가톨릭교회 교리서』 386.

183 Newman, *Tract No. 79,* 33. 『소책자』의 내용 인용은 「뉴먼 연구를 위한 국립 연구원The National Institute for Newman Studies」의 「뉴먼 리더Newman Reader」에서 왔으며, 쪽수도 여기에 기재된 것을 따랐다. 「뉴먼 리더」는 뉴먼의 저술 작품을 디지털 자료로 게시해 무료로 참조할 수 있게 했다.

184 Rainof, 227.

185 『가톨릭교회 교리서』 389.

186 『교회용어사전』 733, 재인용.

187 『신곡』「연옥편」26.

188 같은 책, 119, 121.

189 Newman, *Tract No. 79,* 34.

190 Rainof, 230.

191 Newman, *Apologia Pro Vita Sua*, 85.

192 Rainof, 227.

193 389.

194 Smither, 364. 엘가의 성가대합창곡 「제론시오의 꿈」에 대한 설명 대부분은 이 책에 의존했음을 밝힌다.

195 『교회용어사전』 569.

196 Smither, xix.

197 같은 책, 366.

198 같은 책, 166-167.

199 같은 책, 367.

200 같은 책, 368.

201 같은 책, 368, 재인용.

202 같은 책, 380-382.

203 1983년 모스크바 음악원the Moscow Consevatory의 그랜드 홀the Grand Hall에서 녹음한 엘가의 「제론시오의 꿈」에 따르면, 제1막은 36분 56초, 제2막은 58분 38초이다.

204 엘가의 「제론시오의 꿈」의 가사 출처는 https://www.classicfm.com/composers/elgar/guides/dream-gerontius-complete-text/

205 1851년 뉴먼이 버밍엄에서 『영국에서 가톨릭교도들의 현재 위치*The Present Position of Catholics in England*』라는 제목으로 강론한 후 같은 내용을 책으로 출판한다. 이 책에서 뉴먼은 여러 예를 구체적으로 들어 영국에서 로마가톨릭이 처한 열악하고 부당한 위치를 설명한다. 그중의 하나가 아칠리Giovanni Giacinto Achilli로, 과거 가톨릭 도미니크회 수도사였다가 신교도 복음주의자로 개종한 인물이다. 그는 가톨릭에 몸담고 있을 때 저지른 온갖 종류의 성범죄로 악명이 높았지만 복음주의로 개종한 후 로마가톨릭을 향한 조롱과 혐오 전파에 선봉장이 되었다. 반-가톨릭 분위기에 힘입어 아칠리의 강론과 책은 대중적으로 상당

한 인기를 얻었고, 로마가톨릭의 확장세에 반감을 갖던 복음주의는 그를 중심으로 연대했다. 뉴먼은 그런 아칠리를 특유의 냉소적이고 위트 넘치는 글솜씨로 여러 번 비판한다. 복음주의 연맹은 뉴먼이 아칠리를 모욕했다는 이유로 재판에 회부한다. 아칠리는 타협안을 제시하지만, 뉴먼이 받아들이지 않아 1853년 1월 백 파운드의 벌금형을 받는다. 재판 비용과 벌금은 전 세계에 있는 뉴먼 지지자들에게서 온 기부금으로 충당되었으나, 당시 영국 내 뉴먼의 고립과 로마가톨릭에 대한 부당한 편견을 보여 주는 대표적 사건으로 기록되었다.

참고문헌

주요 자료

『가톨릭교회 교리서』「제1편」, 가톨릭대학 교리사목연구소 & 주교회의 교리교육위원회 역, 한국천주교중앙협의회, 1996.

『교회용어사전』, 가스펠서브 편집, 생명의 말씀사, 2019.

『성경』, 주교회의 성서위원회 편찬, 한국천주교중앙협의회, 2005.

『성가 2015』, 대한 성공회 성가개편위원회 편집, 대한성공회 출판사, 2015.

『미디어 종사자를 위한 천주교 용어 자료집』, 주교회의 매스컴 위원회 편찬, 한국 천주교 주교회의, 2011.

The New American Bible, Saint Joseph Edition, Catholic Book Publishing Co, New York, 2004.

인터넷 자료

「가톨릭 굿뉴스」, http://maria.catholic.or.kr/

「성무일도Breviary」, http://www.ibreviary.com/

「Newman Readers」, https://www.newmanreader.org/works/

england/index.html
「Classic FM」, https://www.classicfm.com/composers/elgar/guides/dream-gerontius-complete-text/

그 외 인용 문헌

김연규, 「리라 아포스톨리카를 통해서 본 존 헨리 뉴먼의 소책자시학」, 『영어영문학연구』, 59, 4, 2017, 89-114.
김연규, 「킹즐리와 뉴먼의 시에 나타난 종교의 세속주의 갈등」, 『영어영문학연구』, 60, 4, 2018, 1-21.
나종일, 송규범, 『영국의 역사』, 「하권」, 한울, 2005.
단테 알리기에리, 박상진 역, 『신곡』, 3 vols, 민음사, 2018.
안진태, 『신화학강의』, 열린책들, 2004.
요셉 봐이스마이어, 전헌호 역, 『교회 영성을 빛낸 수도회 창설』, 「중세 교회」, 가톨릭출판사, 2001.
이상옥, 이경식, 『영문학개론』, 박영사, 1992.
존 밀턴, 조신권 역, 『실낙원』, 2 vols, 문학동네, 2013.
차은정, 「찰즈 킹즐리의 『물의 아이들』: 환상세계와의 소통과 정신적 진화」, 『동화와 번역』, 12, 2006, 247-268.

Altic, Richard D, *Victorian People and Ideas*, New York: W. W. Norton & Company.INC, 1973.
Armstrong, Isobel, *Victorian Poetry: Poetry, Poetics, Politics*, London: Routledge, 1993.
______, "When is a Victorian Poet Not a Victorian Poet? Poetry and the Politics of Subjectivity in the Long Nineteenth Century,"

Victorian Studies, 43, 2, 2001, 279-291.

Bristow, Joseph, "Reforming Victorian Poetry: Poetics after 1832," *The Cambridge Companion to Victorian Poetry*, Ed. Joseph Bristow, Cambridge: Cambridge University Press, 2000, 1-24.

Burrell, David B, "Newman in Retrospect," *The Cambridge Companion to John Henry Newman*, Ed. Ian Ker & Terrence Merrigan, Cambridge: Cambridge University Press, 2009, 255-274.

Chadwick, Owen, *The Spirit of Oxford Movement: Tractarian Essay*, Cambridge: Cambridge University Press, 1990.

Chitty, Susan, *The Beast and the Monk: A Life and Charles Kingsley*, London: Hodder and Stoughta, 1974.

Church, R. W, *The Oxford Movement: Twelve Years 1833-1845, 1891*, republished by CreateSpace Independent Publishing Platform, 2016.

Cummings, Owen F, *John Henry Newman and His Age*, Eugene: Cascade Books, 2019.

Francis, Maurice, "Introduction," *The Dream of Gerontius*, New York: Cosimo, INc, 2007, 1-20.

Goslee, David, *Romanticism and the Anglican Newman*, Ohio: Ohio University Press, 1996.

Hopkins, Gerard Manley, *Further Letters of Gerard Manley Hopkins*, Ed. Claude Coller Abbott, London: Oxford University Press, 1956.

Imberg, Rune, *Tracts for the Times: A Complete Survey of All the Editions*, Lund: Lund University Press, 1987.

Inglis, K. S, *Churches and the Working Class in Victorian England*, London: Routledge and Kegan Paul, 1964.

James, M. C. & M. F. James, "Keble and Newman: Tractarian Poets," *The Downside Review*, 432, 2005, 157-169.

Johnson, Wendell Stacy, *Gerard Manley Hopkins: The Poet as Victorian*, Itaca: Bornell University Press, 1968.

Ker, Ian, "Introduction," & "Editor's Note," *Apologia Pro Vita Sua*, Ed. Ian Ker, London: Penguin Books, 1994, xi-xxxiii, 519-561.

______, *The Catholic Revival in English Literature*, 1845-1961, Gracewing: Leominster, 2004.

Kingsley, Charles, "Exact from a Review of Froude's History of England," *Apologia Pro Vita Sua*, Ed. Ian Ker, London: Penguin Books, 2004, 357-359.

Lash, Nicholas, "Newman and Vatican II," *New Blackfriars*, 92, 1038, 2011, 243-246.

Manghera, Kristopher, *Traditional Devotions & Prayers for Folk Believers*, Morrisville: Lulu Press Inc, 2019.

Martin, Robert Bernard, *Gerard Manley Hopkins: A Very Private Life*, London: Flamingo, 1992.

Newman, John Henry, *Apologia Pro Vita Sua*, Ed. Ian Ker, London: Penguin Books, 2004.

______, *Lyra Apostolica*, 1844, republished by Forgotten Books, 2015.

______, *Poetry, with Reference to Aristotle's Poetics*, 1891, republished by Leopold Classic Library, 2015.

______, *The Dream of Gerontius*, New York: Cosimo, INc, 2007.

______, *The Dream of Gerontius and Other Poems*, Humphrey:

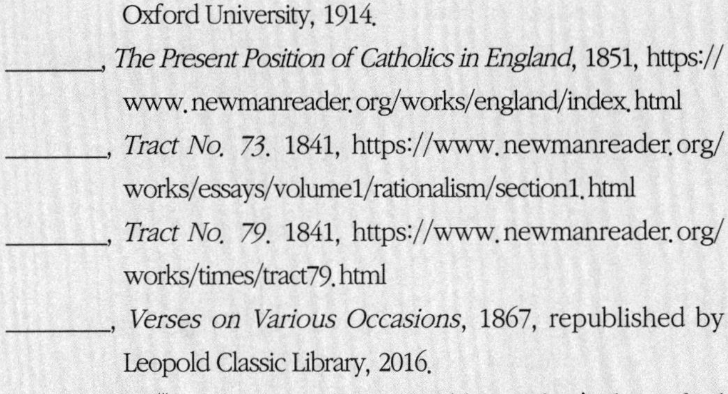

Oxford University, 1914.

________, *The Present Position of Catholics in England*, 1851, https://www.newmanreader.org/works/england/index.html

________, *Tract No. 73*. 1841, https://www.newmanreader.org/works/essays/volume1/rationalism/section1.html

________, *Tract No. 79*. 1841, https://www.newmanreader.org/works/times/tract79.html

________, *Verses on Various Occasions*, 1867, republished by Leopold Classic Library, 2016.

Nockles, P. B, "'Lost Causes and... Impossible Royalties': The Oxford Movement and the University," *The History of the University of Oxford*, Vol. 6, Ed. T. H. Aston, Oxford: Clarendon Press, 1984, 195-267.

Norman, Edward, "Church and State since 1800," *A History of Religion in Britain: Practice and Belief from Pre-Roman Times to the Present*, Ed. Sheridan Gilley & W. J. Sheils, Oxford: Blackwell, 1994, 277-290.

Rainof, Rebecca, "*Victorian in Purgatory*: Newman's Poetics of Conciliation and the Afterlife of the Oxford Movement," *Victorian Poetry*, 51, 2, 2013, 227-247.

Smither, Howard E, *A History of the Oratorio: The Oratorio in the Nineteenth and Twentieth Centuries*, Vol. 4, Chapel Hill: The University of North Carolina Press, 2000.

Sharp, Ronald A, *Keats, Skepticism, and the Religion of Beauty*, Georgia: The University of Georgia Press, 1979.

Sherburne, James C, *John Ruskin or the Ambiguities of Abundance: A Study in Social and Economic Criticism*. Cambridge:

Harvard University Press, 1972.
Strange, Roderick, ed, *John Henry Newman: A Portrait in Letters*, Oxford: Oxford University Press, 2015.
Tierney, William G, "Portrait of Higher Education in the Twenty-First Century: John Henry Newman's 'The Idea of a University'," *International Journal of Leadership in Education*, 19, 1, 2016, 5-16.
Thirlwall, John C, "John Henry Newman: His Poetry and Conversion," *Dublin Review*, 242, 1968, 75-88.
Turner, Frank M, "Introduction to Interpretive Essays," *The Idea of a University*, Ed. Frank M. Turner, New Haven: Yale University Press, 1996, 257-263.
_______, *John Henry Newman: The Challenge to Evangelical Religion*, New Heaven & London: Yale University Press, 2002.
Wimsatt, Michael T, "John Henry Newman's View of Poetry," *Newman Studies Journal*, 10, 2, 2013, 32-45.
Zeno, Capuchin, *John Henry Newman: His Inner Life*, San Francisco: Ignatius Press, 1987.

음반

Elgar, Edward, *The Dream of Gerontius*, 1983, recorded by USSR State Symphony Orchestra, ΜΕΛΟΔИЯ: Russia, 2014.

제론시오의 꿈

초판 1쇄 발행 2021년 10월 11일

지은이 세인트 존 헨리 뉴먼
옮긴이 김연규
펴낸이 이기봉
편집 좋은땅 편집팀
펴낸곳 도서출판 좋은땅
주소 서울 마포구 성지길 25 보광빌딩 2층
전화 02)374-8616~7
팩스 02)374-8614
이메일 gworldbook@naver.com
홈페이지 www.g-world.co.kr

ISBN 979-11-388-0246-8 (03810)

- 가격은 뒤표지에 있습니다.

- 이 역서는 2016년 대한민국 교육부와 한국연구재단의 지원을 받아 수행된 연구임 (NRF-2016S1A5B5A02022224)